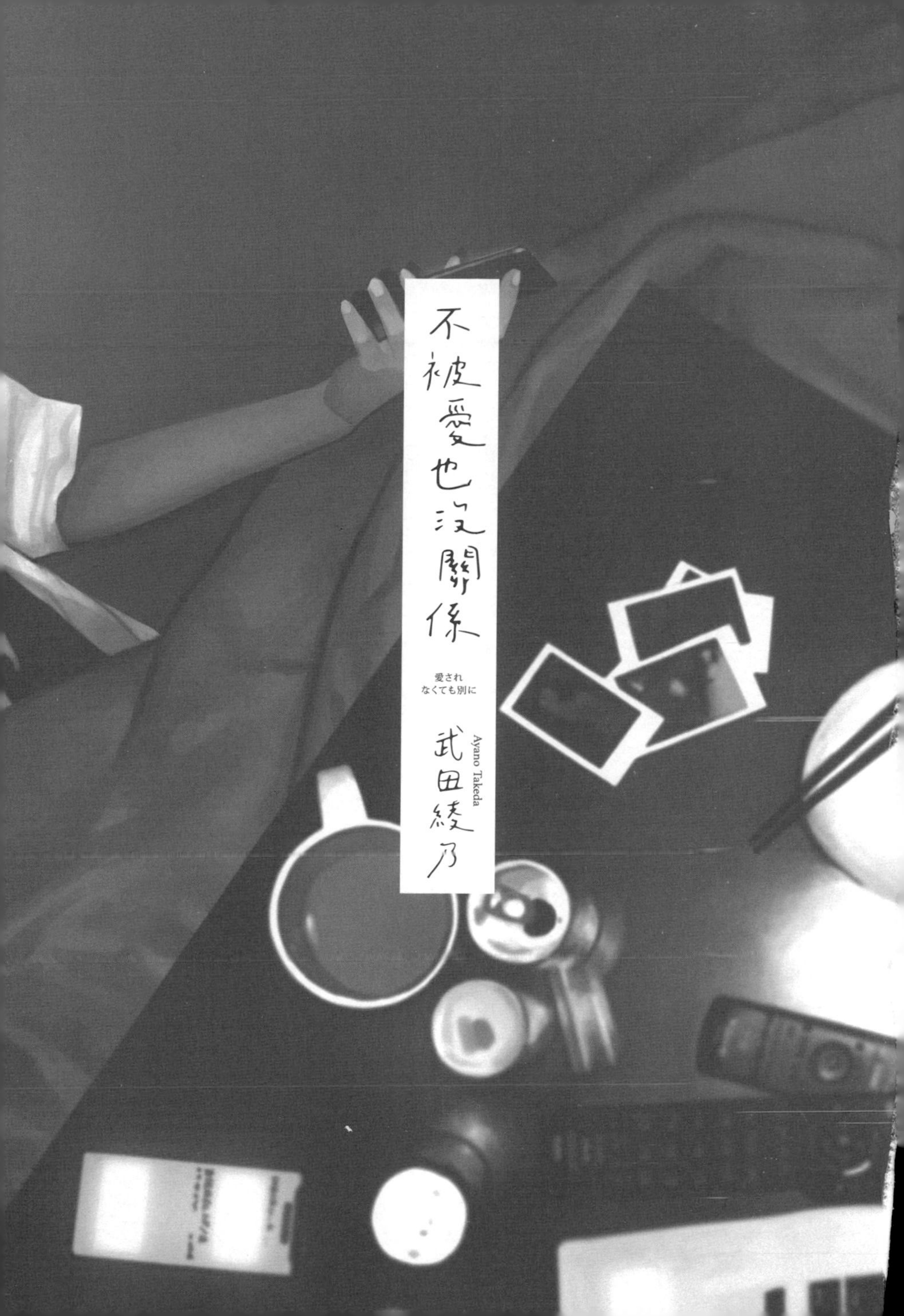

不被愛也沒關係

愛されなくても別に

武田綾乃

Ayano Takeda

Content

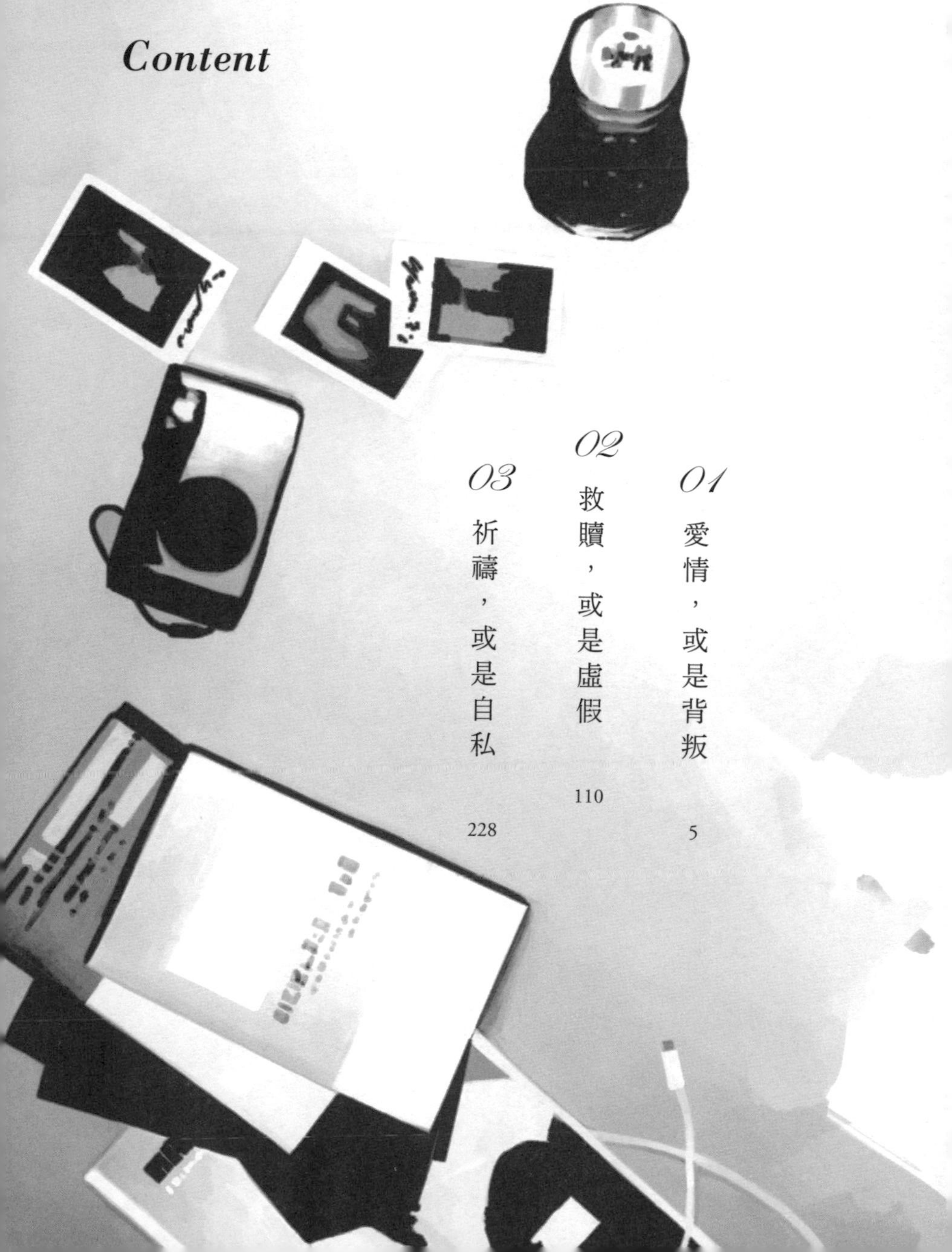

01 愛情，或是背叛 5
02 救贖，或是虛假 110
03 祈禱，或是自私 228

01 愛情，或是背叛

【春】

二〇一九年四月二十五日，現在。

東京都的最低時薪是九百八十五圓，全國平均為八百七十四圓；時薪最低落在鹿兒島縣，七百六十圓。在東京和鹿兒島打一樣的工，每小時拿到的薪水卻不同。

凡事皆是如此，經濟活動那些也都一樣，什麼公平都只是口號，到處是連藏都懶得藏的階層差距。

這樣的話題，或許不適合大學生閒聊。如果我高聲疾呼對社會的不滿，從明天開始，朋友一定會銳減好幾位。

啊！這是騙人的，因為我根本就沒有朋友，不管做什麼都不會再減少。

「不好意思，我上一堂課請假，可以跟老師您要一份上次的講義嗎？」

課堂結束後，我拿捏好時機，向講台上的教授如此請求道。

原本在使用電腦的中年男子聞言，眉頭一皺，假惺惺地嘆了口氣。

「唉，缺課的人要自己想辦法喔！講義的話，去跟其他同學借吧！」

「不是，上次我是因為腸胃炎請假……」

「缺課沒有理由。出席率七成以上、考試分數六十分以上，這是拿到這門學分的條件。除此之外，任何原由都不通融，懂了嗎？」

「是的，我知道了。對不起！」

我馴順地躬身點頭，在這短短的瞬間，腦中不停地咒罵：沒朋友的人連身體不舒服請假的資格都沒有嗎？比起上進心和成績，現代社會更需要社交能力嗎？雖然很想這麼吶喊出來，不過腸胃炎是假的，也只得就此罷休。

我在內心自嘲著自己真是個人渣，抬頭環顧教室。

私立大學主大樓的二十三號教室，容納人數三百人。座位上學生稀稀落落，約一百八十名的學生開始收拾準備去上下一堂課。

有這麼多年紀相仿的人，卻沒有半個稱得上朋友。在這個要求社交能力的社會，今天也在扼殺我。

我轉身背對教授，快步離開教室。大學生的好處就在這裡，與高中時不同，就算獨來獨往，也不會顯得特立獨行。

來到走廊上，人潮便躍入眼簾。粉彩裙子、雪紡荷葉邊上衣、象牙白長版T、黑色緊身褲……看來也有人撞衫了。從剛才連續瞧見的藍白條紋T恤，是UNIQLO今年的新款。

我低頭看著自己的服裝——白上衣搭配緊身牛仔褲，當作點綴色而挑選的水藍色襪子套進黑色運動鞋裡。倘若我擁有媲美巴黎時裝週模特兒的體態，或人人驚嘆的精緻五官，即使是這身打扮，或許也能贏得「好時髦」的讚美。然而，現實總是殘酷，進了大學以後，我的穿搭從未被人讚賞過。

我的大學生活，一言以蔽之，就是一團狗屎。

或許不該用這種髒話，但實在沒辦法，除了狗屎以外，我完全想不到其他形容詞。比起剛進大學的去年，我的生活狗屎度簡直就是每況愈下。

有時自己也會納悶：**那反過來，不狗屎的大學生活，又是如何呢？**——帶著出色不凡的朋友們，在校園裡有點貴的法國餐廳，享用一客一千五百圓的午餐？還是和社團朋友去居酒屋，點一人三千圓附飲料喝到飽的套餐，喝著味道像水一般稀的鮮橙黑醋栗，配涼掉的炸雞塊？

這兩者都是典型的校園生活，卻都一樣的狗屎，兩邊我都不喜歡。自己的這副德行，被說是缺乏社交能力也是無可奈何的事。我在自我分析方面是一百分，問題應該出在，我絲毫不想改變吧！

配合步伐節奏，今天的行程浮現於腦海中——晚上十點到隔天凌晨四點，要在距離車站徒步七分鐘的超商打工，大夜班的時薪是一千一百圓；今天是六小時的班，約可賺六千六百圓，平時自己都上八小時左右。

我在不只一家超商打工，一週排六天班，等於是「八小時×六天」。一星期四十八小時，一個月工作約兩百個小時。算起來光是打工，每個月可賺二十萬圓左右。當然不是實領，還得扣掉社會保險和稅金，大概能實拿十六萬圓左右，這搞不好比一般上班族賺的還多。

玩樂？哪有的時間！更沒有那種閒錢！

賺來的錢，八萬要給家用，剩下的幾乎都拿去支付學費。文組的話，私立大學的學費四年約四百萬圓，即使是國立大學也需要兩百五十萬左右。儘管辦了學貸，終究是為了保險起見，因此我沒有動用，打算一畢業就全數繳清，畢竟利息太驚人了。

上大學是為了什麼？想到這個問題，我無意識地停下腳步，然則一停下來，便再也不想跨出去了。**不惜犧牲睡眠也要勉強排班，有什麼意義？過得這麼痛苦，只為了唸大學，有什麼意義？**

在心靈被悲嚎輾碎之前，我刻意切斷了思緒。不妄求崇高的志向，也不需要求知的熱情，我之所以決定上大學，理由只有一個——那就是拿到大學學歷，找份好工作……就只有這樣而已。

＊＊＊

我打工的便利商店，是個條件相當不錯的職場。

首先，客人很少。由於半徑兩百公尺內有數家超商，客源都分散到其他店去了。雖然店長的胃痛好像一天比一天嚴重，但站在打工的立場，不用應付太多客人，真是謝天謝地。

我換上制服，走進櫃台，今天和同一所大學的學長堀口一起值班。他髮色染得極淡，顯得黑色的眉毛十分突兀。我其實從不覺得堀口時髦，卻可以強烈地感受到他希望別人認為自己很懂流行趨勢。

「小宮，辛苦了——。」堀口說。

「辛苦了。」

我時常和堀口一起值大夜，原因在於，我們的需求剛好重疊——我貪圖更多的時薪，堀口喜歡沒什麼客人的深夜。

堀口身形乾瘦，踩著厚底運動鞋灌水身高一百七，是這年頭相當少見嗜菸嗜賭的年輕人。他呼出的氣息有著烘被機的味道，這是電子菸造成的。他留級了兩年，目前念大六，簡直是廢材大學生的典型化身。在兩人獨處的超商裡，經常向我展示從電視或網路上看到的各種疾世憤俗觀點。此外，他性好女色，卻痛恨女權主義者。

「之前我在電視上看到介紹無人超商的特別節目，等到哪天真的可以完全自助結帳的話，我們可能都要失業了。」

「這樣啊——！」

「高中不是有教那個產業革命嗎？應該有提到丟飯碗的工人，跑去破壞工廠機器。害我聯想到那個，還想說我們也進入革命時代，工作要被AI搶走了。」

「就算這樣，我們也不能怎樣吧？」

「服務業全都被機器搶走的話，不覺得很寂寞？我比較想要人類來服務我，機器缺乏人的溫度啊！」

「就連手機，一直用也是會發熱的。」

堀口聞言，微愣地挑了挑眉。

我雖然討厭堀口，卻不排斥跟他聊天。和他沒營養的瞎抬槓，拿來打發時間剛剛好。因為彼此都明白，不管聊什麼，都只是敷衍當下，不會有任何實質成果。

「不是那個意思啦！吼，妳明知道還這樣講！妳這人很那個吔……乖僻！」

「會嗎？」

若是我的話，情願讓機器來服務。也許是因為自己也做服務業的關係，買東西時總是會在意店員的目光，反而覺得面對機器輕鬆多了，就算掏零錢慢了點，或是拿著一樣的商品研究個老半天，機器也不會對我擺臭臉。

「我倒覺得等我老的時候，如果有全自動換尿布機，那就太好了。比起真人替我更換，感受上要輕鬆得多。」

「呃……怎麼會想到照護去？什麼老了以後，那還久得很吧？」

「也沒有多久……歡迎光臨！」

說話說到一半，我察覺到走進店裡的客人，立刻大聲招呼道。

穿著像家居服的男客看也不看商品架，目不斜視地直接走向櫃台，他的腋下夾著褐色信封和紅色單子，看來打算要寄宅配，而且是貨到付款。我下意識地從胸前口袋中，掏出原子筆預備。

正當我在服務客人時，原本站著白看雜誌的男客，將下酒菜放進購物籃後，走到櫃台來，堀口見狀馬上接手引導。

「這邊為您結帳。」

深夜的便利商店，就像是安靜的貝類——人類在其間來來去去，猶如氧氣在貝殼的細縫間吞吞吐吐。奇妙的是，客人像是有默契般，不是一口氣上門，就是一下子沒半個人。

店內再次變得空蕩蕩，相同的廣播內容反覆地播放著，網路知名偶像活力十足地介紹商品。時間是深夜零時，這時段聽到熱力四射的笑聲，讓人有些消受不了。

我拿起除塵拖把先將店內地板的灰塵清掃後，再執行濕拖，最後用拋光機維持地板光澤。這全套的工作流程，大概要花上一小時。

堀口怔怔地望向時鐘，眼角餘光瞄著正在進行清潔的我。應該是菸癮上來了，他從剛才就一直伸手摸著胸前口袋，只不過店內禁菸。

「我說小宮啊，妳活著快樂嗎？」

「嗄？」

突如其來的哲學性問題，讓我忍不住皺起了眉頭。有空問這種蠢問題，還不快點去報廢過期食品？

「沒有啦，因為看妳一直在打工啊！要是像我這樣亂花錢還可以理解，可是妳看起來不像是生性浪費的人，所以想說妳只是沒意義地在存錢嗎？好不容易進了大學，怎麼不多享受一下大學生活？」

「享受到像學長這樣留級嗎？」

「對對對，什麼啦——！」

堀口爽朗地哈哈大笑，手揮動著拍打空氣。

就算他突然搬出假關西腔搞笑，我還是純粹地討厭他。

「說真的啦，妳幹麼打這麼多工？我看妳也沒花錢在買衣服或是化妝品，難到妳有什麼驚人的嗜好？像是追星，還是遊戲課金？」

「我沒有嗜好。」

我心不在焉地應著，順便檢查收銀台附近的卡片陳列有沒有亂掉。

數位內容的點數卡，有一千五百圓、三千圓、五千圓、一萬圓等面額，會大量購買點數卡的人，多半都是為了手遊抽卡。遊戲裡有一次幾百圓的抽卡活動，一直抽到想要的角色出現為止。如果刷爆信用卡還是沒抽到，就買點數卡課金。

這種刺激中獎心理的娛樂，有時會毀掉一個人。然而，這個世界的結構就是如此，只要讓人上癮就贏了。

「妳賺了錢也沒花，卻活得快過勞死？唔，是說女生光是活著就很花錢了。我女友也是，說她在存錢做全身除毛，聽說那超貴的。」

「我不太清楚。」

「我也來去除毛好了。全身上下光溜溜的男生怎麼樣？會吃香嗎？」

「都無所謂吧！」

「可是好像超級痛吔？真慶幸我不是女生。天天都要刮腳毛，誰受得了啊？」

「又不是每天刮，冬天穿褲襪就看不出來了。」

「那上床時怎麼辦？不想被男朋友看到一堆毛吧？」

「我沒有男朋友，不煩惱這問題。」

「欸，小宮，難不成妳是處女？」

聞言，我整張臉不由得燒了起來，自覺羞恥的自己讓人羞恥。從沒談過戀愛，是我最自卑的一件事。

「是又怎樣？你這是性騷擾喔！」

「抱歉抱歉！但妳想的話，我可以替妳破處喔！」

「噁心！學長或許是在說笑，可是老實說，這種話真的讓人很不舒服。請不要任意把別人當成上床對象！」

「真的對不起啦！那我弟的童貞送給妳。」

「不是這種問題！啊──，真希望這混帳走出去被天打雷劈！」

「妳的心聲跑出來了。」

「故意的。」

我寒著臉說道，堀口戲謔地聳了聳肩。

堀口最喜歡談性事，他似乎深信全世界的人都熱愛這類話題，真是令人厭惡。

我討厭堀口。然則有部分也是由於嫌惡，才有辦法輕鬆和他打交道，因為不管他對我觀感如何都無所謂。而堀口大概也明白這一點，才會跟我油腔滑調。

我和堀口都不把對方當一回事，搞不好就是這微妙的關係，才能持續維繫下去。可悲的是，除了家人以外，和我相處時間最長的，就是堀口。

我握著除塵拖把的柄，深深嘆了一口氣。

「我之所以打這麼多工，是為了賺生活費。」

「咦？妳不是住家裡嗎？明明可以存一堆錢。」

「也不盡然，我得拿錢給家裡。」

「多少錢？」

「八萬，我媽要的。」

「嗄？」堀口動作誇張地全身後仰。「什麼跟什麼？大學生不是應該跟家裡拿零用錢才對嗎？」

「那是學長家有錢。」我反駁道。

堀口似乎無法接受，手臂交抱在胸前，不服地噘起唇。

「就算要拿錢回家，八萬也太扯了。小宮，妳過得真苦……這樣當然會沒錢買衣服那些了。我一直覺得妳很土，真對不起啊！」

「欸，你很沒禮貌喔！」

「那小宮，妳成人式那些怎麼辦？我女友說要租和服，那也很花錢吧？」

「我沒有要參加成人式。我不懂幹麼要為了一次性的活動花那麼多錢。」

今年我就要滿二十歲了。在十八歲就擁有選舉權的現代社會，花大錢慶祝滿二十歲，到底有什麼意義呢？

「咦？可是妳不會想穿和服給自己留張紀念照嗎？要租和服的話，現在好像都稍嫌晚了，我女友說可愛的款式都已被租光。考慮一下也好，妳爸媽看到妳穿和服的樣子，也會很開心吧？」

堀口輕扯自己的頭髮，輕薄地笑道。

一提到父母，我便招架不住，不禁輕咬著下唇。看到我穿和服，媽會開心嗎？

「不，應該不會。與其把錢花在那種地方，我寧願存下來。」

「完全是窮學生思維……那麼窮的話，幹麼讀私大啊？」

「以結果來說，讀私大比較便宜。其實我也考上國立大學，但我媽不准我讀離家三十分鐘以外的大學。」

「用這種理由拉低小孩讀的大學等級？實在難以理解。像我，雖然勉強搆到現在的大學，卻也留級了兩年，不過我爸媽還是幫我支付了學費。」

「那是因為學長很幸運。」

堀口現年二十四歲，耗費了四年＋α[1]的光陰，明年似乎總算可以畢業了。他宣稱將來要當YouTuber，卻從來沒聽他提過在拍影片。店長近期最關心的問題，就是堀口畢業後的去留。

「我很幸運？那是小宮不瞭解才會這樣說好嗎？我在家被迫害得很慘，只因為我弟比我還優秀。」

「你爸媽不是會幫你出學費？」

「幫忙付學費就是好父母？我可不這麼想。只要付錢，就是盡了父母的義務？」

「我是這麼認為。」

「妳這樣不行啦！對父母的標準太低了。」

蹩腳的關西腔又冒出來，我冷哼了一聲。

「啊！妳笑我？」

注1：＋α（plus alpha）和製英文，意思是在既有狀態添加或附上一定程度的事物。

「也不是笑，只是學長幹麼老愛模仿關西腔？你是土生土長的東京人吧？」

「不覺得關西腔很帥嗎？我十分嚮往方言呢！雖然老家在東京，卻感覺一點都不特別，一直很想搬出來一個人住。其實我本來想讀關西的大學，可惜沒考上。」

「所以讀了關東的大學？」

「沒錯沒錯，我可是靠家裡寄錢的窮學生，還得打大夜班的工呢！雖然沒妳那般刻苦啦！」

堀口聳了聳肩說道，藍綠條紋的制服漂亮地呈現出他溜肩的線條。

我停下拖地的手，俯視著地板，等間隔並排的白色磁磚盡責地營造出清潔感。

「我不覺得打工很痛苦。因為只要工作，就有薪水可領。」

「有沒薪水的工作嗎？」

「家事那些就沒薪水啊！」

「家事那麼簡單。我自己搬出來後，就覺得家庭主婦怎麼有臉自以為了不起？」

「為自己做家事，和幫別人做家事不一樣。」

「妳家幾個人？」

「兩個，我跟我媽住。」

「只有兩個？那不是很輕鬆嗎？」

「才不呢！我媽動不動就亂丟東西。」

我早在八百年前就拋棄了「或許母親會幫忙做家事」的期待。從一開始就放棄，接受母親就是懶，才不會給自己多餘的壓力。我並不喜歡做家事，只是成長環境不允許我任性地說什麼喜歡不喜歡。

將負分填補為零的工作，做起來十分痛苦。忙於家事，會讓自己覺得內在彷彿逐漸被腐蝕。負分狀態持續下去，就會被叨唸，但就算維持不好不壞，也不會有人稱讚。優點難以發現，缺點卻像眼中釘，這讓人非常地……疲累。

「以後結婚，我要找個廚藝好的對象，想要一回家就有熱呼呼的洗澡水和飯菜等著我。」

「我也是一樣啊！學長自己當個會做家事的男人不就好了？你未來的老婆應該會很開心喔！」

「咦，原來妳是這種觀念？坦白說，我認為男女平分家事，以及生活整體的勞動負擔，這完全不公平。因為不管怎麼想，男人在社會上的工作責任更沉重。」

「學長是恐龍腦呢！」

「太刻薄了吧？妳難到不覺得嗎？我感覺這世界對女人實在太好了。妳看看現在社會，總理大臣是男的，議員有九成以上是男的，公司老闆有九成以上也是男的。重責大任都是男人在扛，這不算男性歧視嗎？」

「這不就是證明了，女人受到差別待遇嗎？」

「妳說差別待遇，可是在現代，真的有什麼差別待遇嗎？現代社會只要有實力，女人也可以出人頭地吧？根本是藉口嘛！反倒是女生，有女性優惠日、有特價電影可看、有特價餐能吃……我覺得男人反而受到很多歧視，過度強調女權了啦！」

我的話似乎踩到了堀口的雷區，他的發言愈來愈偏激，完全不給反駁的餘地，我只能鬱悶地應聲。

每次談到社會議題，和堀口的對話就會變成回合制，在輪到我發言之前，我只能在腦中不斷地建構自己的意見。

「我爸也說，雇用女員工，花了時間訓練，好不容易終於能成為戰力時，居然結婚離職。搞什麼啊！要不然就是一下說要生小孩，要求縮短工時；不然就是小孩發燒，要求早退。這樣還想要跟男人一樣升遷？世上哪有這麼美好的事！」

堀口握著拳忿忿地叫嚷著，制服底下瘦弱的手臂激動地上下揮動。

撕下那層布，應該會露出宛如枯木表面的蒼白手臂吧？再撕下那層皮膚，般紅的血會逆流而出吧？我的血和堀口的血是一樣的顏色，這讓我感到匪夷所思極了，明明我們如此天差地遠。

也許是察覺我冰冷的視線，堀口充血的雙眼乍然瞇成了笑眼。

「啊！我知道女生裡面也有像小宮一樣認真努力的人，我想妳是那種認真的女生。我只是討厭理所當然認定女人最大的那種人。明明男生也會被剝削，為什麼只因為是女人，就可以無條件加分？妳不覺得嗎？」

認真的女生和不認真的女生……。堀口心中有個標準，而我被任意劃分至其中一邊，就和恣意品頭論足把女人歸為「我可以」和「我不行」一樣。

我將垂落臉頰的黑髮塞到耳後，這種時候長瀏海真的很煩。

「我認為，男人和女人哪邊比較優秀的問題，本身就很怪。這就像在討論貓和狗哪個比較優秀，不是嗎？但我覺得多數派不太容易注意到這個世界的結構。」

「妳說的多數派，是男人還是女人？」

「以勞動市場來說，是男人。現在所說的男女平等，是讓女人效法男人，對吧？然而，勞動結構本身是配合從前的男人建立起來的，在那種環境能發揮能力的，當然是男人。只不過，男人並沒有察覺到，這個環境是配合他們的形態。」

「有嗎？我完全不覺得哪裡配合我了。」

「是嗎？男人不會懷孕，沒有絕對非休息不可的時期。男人沒有生理期，體力也比女人好。儘管最近已慢慢改善了，但小孩子應該由女人照顧的觀念，還是根深柢固。女人是少數派啊！實際上，不只是女人，身體比較弱的男人，或是必須照護老人或育兒的男人，應該都被當成少數派拋棄了。」

堀口聞言，微微歪著頭摩挲自己的下巴，唇間發出細微的低吟。

「可是，拿身體構造的不同那些當理由，而過度保護，說穿了也是一種歧視吧！而且有些時候，女人的意見才是最大的吔！」

「家庭活動的話，從以前就是配合女人架構的，在這裡是反過來，女人屬於多數派，她們會不自覺地冷落男人。像電視節目那些，經常會看到主婦埋怨老公家事做不好，若是立場互換絕對會引發公憤，不是嗎？雖然我覺得這都是男主外、女主內的觀念在作祟。」

「那說到底，該怎麼辦才好？現在這時代，不管做什麼都會被說是歧視。男人就是壞人，女人就是正義的一方。像這樣被不停地攻擊，我們當然受不了，明明男人也很苦啊！」

「我覺得需要的是區別，而不是歧視。我不認為拿掉更衣室的男女隔間，就叫做男女平等。不管是男是女，應該都會面臨愈來愈多問題，但只要站在多數派的一方，就會覺察不到。人一旦有了權力，視野就會愈狹隘，所以受到不公平對待的一方提出的要求，到頭來是有助於改善眾人的生活。」

「前提是，那些要求要有道理。不是有許多很離譜的？現在的網路社會，太多酸民在無理取鬧，得逞了就覺得爽。這社會完蛋了啦！啊，國家沒有未來了！」

和堀口聊到最後，大抵上都會被他用這樣一句話做總結。他絕對不會改變想法，而我也一樣，所以這能否稱為討論也很難說。

明知道毫無建設性，我還是每次都奉陪到底，完全是因為自己也想把對社會的積鬱一吐為快。而且聊社會話題很快樂，在大發議論時，會覺得自己好像在參與什麼了不起的事；最重要的是，可以忘卻家裡沒人處理的待洗衣物。

「啊！」堀口忽然瞥了壁鐘一眼。「我一點下班。」

「怎麼這麼奇怪的時間？」

「我今天下午五點上班，已上了八小時。唉！其實我好想早點辭掉打工。」

「不想做就辭職啊！家裡不是有給錢？」

「根本不夠花好嗎？我對時尚是很講究的呢！」

堀口說著，將手腕上的錶拿到螢光燈底下，看似在炫耀。

我其實對錶毫無概念，但那只銀錶應該是名牌貨。明明有戴錶，想知道時間卻還是看壁鐘？我回想起堀口剛才的舉動，或許對他來說，手錶不是用來看時間的。

「今年要跟朋友去馬來西亞和印尼旅行，而且我女友的生日也快到了。總之開銷超大的，我是為了花錢而賺錢的。」

「這樣啊！」

「小宮，妳也花錢犒賞一下自己吧！喏，去髮廊染一下頭髮怎麼樣？一直黑頭髮也會膩吧？」

「不會啊！」

「是喔？我身邊都沒有妳這種型的女生，跟妳交往感覺會很省錢。」

「是嗎？我沒交過男朋友，不知道。」

「妳絕不會吵著要男朋友買飾品那些，像我前任……」堀口話說到一半，不自然地頓住，店內響起開門的鈴聲，自動門開啟，他反射性地脫口而出：「歡迎光臨！」

映入眼簾的，是一頭徹底漂淡的金色頭髮，髮絲之間露出的耳垂，掛著樣式簡單的黑色耳環。女子微微揚起漂過的眉尾，低吼似地開口打招呼。

「晚安。」

「辛苦了。」我說。

「辛苦啦！」

堀口語氣輕浮地應道，那不客氣的態度，看起來也像是他僅有的一點自尊心。

江永雅，她是上星期新來的兼職員工，和我同一所大學，同系且同年級。

只見江永一身緊身褲配黑襯衫的簡單打扮，走進了後場。

「差不多該換班啦！」堀口假惺惺地說：「小宮啊，妳覺得江永學妹怎麼樣？感覺處得來嗎？」

「不太行，她話很少。」

「就是呢！她也不太跟我說話。」

我和堀口同時望向後場門口。

堀口自從初次見面，就親熱地叫我「小宮」，對江永卻加了「學妹」。我實在很想罵他窩囊廢，卻也可以理解堀口對江永的畏懼。

江永雅身上散發出嗆鼻的虛假香味，是教人忍不住掩鼻的廉價香水；密密地勾勒眼周的眼線、上了濃濃睫毛膏的長睫毛，在我看來都像是威嚇他人的武裝。**不要跟她扯上關係比較好**。懾人的金髮、懾人的妝容，就像是誇張地展示對社會的叛逆態度的驕縱小孩。

換上制服的江永來到櫃台，耳朵塞著無線耳機，她總是邊上班邊聽音樂。

「那我差不多要下班了。」堀口說完，逃之夭夭地躲進後場。

我也想逃，無奈工作在身。

「麻煩了。」我輕輕頷首說道。

江永只是默默地瞟了我一眼。

店長凌晨四點才上班，這段期間就只剩我們兩個。

「那個，我去上架，收銀麻煩妳了。」我交代道。

「啊？」江永摘下右邊耳機，啞著嗓子反問。

「收銀麻煩妳了。」

「啊！好好好，知道。」

江永再次戴上耳機，像尊地藏石像般杵在收銀台。

實在很難開口要她做其他工作，我吞下差點溜出口的嘆息，看著東缺一塊西缺一塊的商品架。與其拜託江永，自己來快多了。我把和江永打交道的麻煩和自己的疲勞放在天秤上一量，立刻選擇了後者。

＊＊＊

結束打工，凌晨五點前抵達住處。

背對朝陽關上玄關門，我將地上亂丟的女鞋併攏排好，這時再也憋不住的哈欠衝口而出。

小鳥啁啾啼叫，清晨的住宅區很安靜，還依稀殘留著睡夢的氣息。

今天的課是第三堂到第六堂，下午一點開始，要到晚上八點才能解脫。接下來，又是超商打工……。想著想著，眼皮愈來愈沉重，攀在背上的睡魔不斷地吸取我的精氣。

我脫掉了襪子，順手摘下紮成一束的頭髮髮圈，套在手腕，倒頭躺在地毯上。明知道得先卸妝才行，卻連伸手拿卸妝棉都懶。

身體側面感受到地板堅硬的觸感，不禁自問：自己到底在做什麼？感覺精神不斷地磨耗，就像即將磨破的鞋底。

將負變成零的工作完全就是辛酸，然則我的人生，卻是不斷地在重覆這樣的事。

「欸，快起來煮飯。」

感覺到身體正在搖晃，鼻子嗅到剛噴上定型液的甜膩香氣，上臂被冰涼的體溫抓住晃動著，驀然一股嘔吐感湧上心口。今天，一天又開始了。

我僅睜開左眼適應光線，電子鐘顯示為早上七點，看來睡著後才過了兩小時。

「早啊！」一個女人闖入視野，對我微笑道。

被陽光穿透的褐色髮絲，落在她白皙的上半身，玫瑰圖案刺繡的蕾絲胸罩集中托高著乳房，在鎖骨底下形成一清二楚的乳溝。應該是衣服換到一半，藍色內搭褲是辦公休閒風格，上半身卻還只穿著內衣，腰部線條緊緻玲瓏，也許是她說最近開始去上健身房的成果。

這個美麗的婦人，讓人無法想像已有個近成年的女兒。小時候對於擁有這樣的母親，相當的自豪。只不過，就如同我從小孩長成了大人，母親也隨著歲數的增長，皮膚透出的青色血管、脖子上浮現的皺紋，在在讓人感覺到她的年齡。

「陽彩，怎麼又沒卸妝了？妳就是這麼邋遢，才會交不到男朋友。」

母親說著，把卸妝棉捲在自己的手指上，直接用力擦拭我的臉頰。磨擦造成的疼痛，讓我的意識總算清醒了。

「媽，很痛，不要弄了。」

「快點煮飯啦！我想吃熱三明治。」

「好好好，知道了。」

「我要火腿和起司，還要高麗菜，還有咖啡。」

這點東西，自己準備啦！話都來到喉邊了，總算是吞了回去。**好險，差點又要自討苦吃。**

為了壓抑噁心感，我打開水龍頭裝水來喝，常溫的水流過食道，在胃裡緩緩擴散開來。**沒事了，今天也撐得下去。**

我打開冰箱門，裡面塞滿了井井有條的保鮮盒。由於母親無法連續兩天吃一樣的東西，因此我將蔬菜預先處理過，分成小份常備菜保存，以方便使用。然而，冰箱裡大量的發泡酒罐就像是壓迫它們的存放空間，那是母親每晚要喝的。

我取出一個保鮮盒，裡面只剩下高湯醬油，看來是母親昨晚吃了溏心蛋下酒，又把空盒子塞回冰箱。她總是這樣，麥茶也是，會把剩下連一杯都不到的茶水容器又放回冰箱，但如果瓶子空了，就會大發雷霆。要是可以拿去洗碗槽放，不曉得可以省掉我多少工夫。

「欸，還沒好嗎？」

母親乾啞的嗓音在身後響起，那是即將爆炸的聲音。

「我馬上準備。」

「妳最近是不是太懶散了？不用我說，應該要先把飯準備好吧？妳是上了大學，就自命不凡起來了是嗎？」

「我沒有。」

我邊說著，邊取出薄吐司，放進三明治烤盤。然後在吐司表面先各別抹上美乃滋，放入火腿片，再加入起司，並小心堆放高麗菜絲免得掉出來，最後再疊上一片吐司。兩面準備各烤兩分鐘，將瓦斯爐轉中火才不會烤焦。接著打算趁這個時間，沖泡即溶咖啡，一打開咖啡罐，芳香的氣息便瀰漫而出，我不由得屏住了呼吸。

烤吐司的氣味、咖啡的氣味，所有的一切都在折騰我的胃。我痛恨早晨，因為二房一廳一廚的家裡，會被食物的氣味所充斥。

我們母女住的地方，是屋齡三十一年的二層樓公寓，約十四坪，附衛浴，距離最近的車站走路十八分鐘，種種費用加上起來，房租共是六萬圓。飯廳和廚房是同一個空間，房間一間是母親的，另一間以前是臥室兼儲藏室，則是我的。

在我小一時，父母離了婚，我和母親搬到這裡。父親後來斷了音訊，母親也換了好幾任男朋友。我不知道父母離異的明確原因，但可以確定的是，兩人關係很差，而且都很浪費。每次看到兩人吵架，年幼的我總是祈禱他們快點分開。

滋——。聽到吐司煎烤聲，我連忙從烤盤裡取出三明治。暖桌上的被子已拿掉，變成單純的矮桌。我將杯碟擺到桌上，正玩著手遊的母親，只說了聲：「謝謝。」

一成不變的早晨景象。

趁母親享用早餐的時間，我在脫衣間收拾亂丟的衣物；質料脆弱的，要放進洗衣袋裡，毛巾等則直接丟洗衣機。名牌裙子、三雙一千圓的襪子、名牌襯衫、附近超市二樓買的T恤，光摸質料就能分辨出哪一件是母親的，哪一件是我的。這件襯衫還沒看過，八成又是新買的。高級衣物母親叫我要用手洗，不過截至目前為止，還沒發現能丟進洗衣機裡的。胸罩丟洗衣機會變形，馬上就會洩底，得在洗臉台手洗。

對母親來說，內衣褲是戰鬥服，是讓她的胴體看起來最美的裝備。腦中陡然自動重播起年輕男人的手脫掉母親內衣褲的場景……

小學二年級時，我曾目擊母親跟男友做愛的場面。當時我完全沒有性行為的知識，因此瞧見頭髮蓬亂的母親在男人身下呻吟，她身上爬來爬去的黝黑的手，整個人快嚇死了。母親熟悉的香水味與黏附在鼻腔的性事氣味，全混合在一起，令人欲嘔。

男人從門縫間看著我，母親並沒發現，只見男人得意地揚起嘴角，彷彿在誇示自己揮霍不盡的力量。躺在男人身下的母親，哼哼唧唧地不斷發出嬌喘。

我逃離般地直接衝進廁所裡大哭，整個人嚇壞了，想像著夜晚誕生的兩頭野獸，即將把我的人生徹底摧毀。芳香劑的廉價薄荷香，充斥著狹小的廁所，這是象徵日常、清爽到嗆人的香味；我不停地深吸著那味道，設法鎮定下來。

隔天早上，母親和男人的表現正常得可怕，而我也扮演著天真無知的孩童，只為了不失去母親的愛。結果母親跟那個男人一年就分手了，原因是男方花心。

驀地，手掌摸到絲滑的聚酯纖維觸感，是從洗衣籃底下抓出來的自己的內衣，我登時從白日夢般的回想醒了過來——那是不願想起的可憎記憶。我用力吁出一口氣，就像要從變得沉重的肺裡擠出空氣一般。

我的內衣全是背心與罩杯一體成型的BRATOP，可以直接丟洗衣機。雖然想要就這樣直接洗衣服，但現在這時間噪音會吵到鄰居；掉在地上的頭髮也十分刺眼，很想馬上吸地板，時間還太早並不適合。公德心逐一將我的日常捆綁得動彈不得。

「陽彩！陽彩！」

聽到叫喚聲，我連忙趕往飯廳，只見剛才臭臉的母親，現下卻是滿臉燦笑。

「妳看！」她說著，將手機螢幕轉向我。

上面是畫著可愛女孩的遊戲卡片插圖，閃閃發亮的背景特效底下並排著五顆星。

「期間限定ＵＲ卡[2]吧！沒這張卡就贏不了了。」

「這樣啊！」

「妳應該要多感動一點啊！每一次的ＵＲ出現機率只有三％，而且ＵＲ卡裡面這張卡的出現機率又只有〇・七％。厲不厲害？」

母親是在去年迷上這款手遊，好像是受到男友的影響。之前她完全沒接觸過手機遊戲，現在卻成天抽卡，還參加期間限定活動。

「我要跟俊也炫耀。」

母親興沖沖地將截圖傳給小十歲的新男友，他一定會做出母親渴望的反應。

我望向放在地板上的皮包——愛瑪仕的柏金包，微妙微肖的Λ貨，正品好像要一百二十萬圓，比我一年的學費還貴。

我在滑手機的母親旁邊斜坐下來，抽出卸妝棉擦臉，若無其事地開口。

「媽，我的成人式啊……」

「成人式？難不成妳想去？妳該不會想租和服吧？」

出師不利。我下意識搖了搖頭。

「沒有，我想說不去也沒關係。就算參加，也是穿套裝，就是入學典禮時買的面試套裝。」

那是我在即將成為大學生時，用打工賺的錢所買的套裝，幾乎沒有機會穿，在衣櫃裡生灰塵。

「就是啊！說起來，都什麼年代了，還抓著那種過時的傳統不放，太莫名其妙

注2：UR是ultra rare的縮寫，意指為極端稀有，廣泛出現在集卡式遊戲中，表示卡牌的一種稀有程度。

了。妳知道租和服要多少錢嗎？要是加上拍照和髮妝，至少二十萬跑不掉吔！簡直是白痴。會去跟風玩那一套的，都是被和服商人騙的凱子。」

母親說完，放下手機站了起來，桌上的三明治還剩下一半以上。

「不吃了嗎？」

「已經飽了，剩下的給妳。」

沒食欲，但丟掉太可惜。我咬了口已完全涼掉的三明治邊角。我的早餐多半是母親吃剩的，她並沒有強迫我吃，只是不知不覺間變成了這樣。在母親的認知裡，我一定是個愛撿剩飯的女兒。

母親把鏡子放到桌上，將粉底液在手背上抹開來，用刷子遮掉毛孔，再撲上蜜粉。蜜粉飄過來灑落在三明治上，母親甚至沒有察覺到。接著她用褐色眉筆畫眉毛，並用眉粉修出輕柔自然的眉型，然後將眼影仔細地堆疊上去，最後的口紅是春天新推出的綻放粉紅。

化完妝的母親搖身一變，成了要出門亮相的女人臉孔。

「那，媽要去上班了，記得把房間整理好。」

「嗯。」

母親起身到一半乍然頓住，她將手緩緩地伸向我，乾燥的手指捧住我的臉頰，目光筆直地凝視著我，說出每天早上必說的一句話——

「我愛妳，陽彩。」

那是當然了，我從不曾懷疑過她的愛。

母親將手機塞進假柏金包裡，這次真的站起來了。

「咖啡妳可以喝掉。那我走了。」

「路上小心。」

玄關門關上，傳來上鎖的聲響。我吞下三明治，一口氣喝光涼掉的咖啡，在腦中安排接下來的預定，再照表操課——先洗餐具、啟動洗衣機、吸地板，補眠之後，沖個澡去大學。

我戴上橡皮手套，用海棉將洗碗精搓出泡沫。人工的柑橘味在狹小的廚房擴散開來，光是這樣，不知為何就讓我幾乎想掉淚，陣陣刺痛在胃底起伏著。

剛才用過的菜刀沾滿了泡沫，若拿它朝肚子刺下去，會怎麼樣？這個念頭忽然冒了出來。**如此一來，大學和打工都可以休息了嗎？就能不用再如此拼命了嗎？**

泡沫縫隙間露出刀鋒，那是長期使用的鐵色，不管是吐司還是火腿，都可以切斷。**沒有剛買時那麼鋒利了，卻還是可以輕易刺破我的皮膚吧？**握住菜刀柄，腦中反覆播放著刺向腹部的想像畫面，潰堤的衝動、發作般的欲望……。**刺下去！**內心正在高聲吶喊著。泡沫靜靜地滑落露出刀身，那美麗如噩夢的色澤，倒映著自己模糊的身影，只具有膚色剪影的我看著我，以充滿侮蔑的眼神注視著我。

哈！我吐出了一口氣。全是無聊的妄想，幼稚的逃避現實。我擰開水龍頭，沖洗滿是泡沫的餐具。

現在這狀態，追根究柢全是我自己的選擇。

母親反對我上大學，她一直要我高中一畢業就出去工作。然而，我提出三個條件，總算成功說服了母親——那就是和高中時一樣，每個月給家用八萬圓，學費自付，以及就讀離家三十分鐘以內的大學。

學貸是母親建議辦的，我原本打算用打工的錢支付學費，她卻難得以冷靜的態度說：**「為了應付生病或受傷而不能工作等不時之需，需要一個保險。」**因此學貸匯入的戶頭存摺和印章皆由母親保管，以防我有什麼萬一。

母親在家裡雖然就像個廢人似的，但在社會上是個有地位的大人，也是資深粉領族，一個人把我拉拔長大。她的年收約四百萬圓，比起和父親一起生活那時候，家境絕對稱不上富裕。然而因為有母親，才有現在的我，這一點無庸置疑。

儘管有時我也會想，若母親不要那麼浪費，生活或許會更輕鬆一點。不過從過去的經驗來看，我深知要是埋怨只會惹來母親發飆，僅能無條件接受原本的她。

就如同母親愛我，我也愛著母親。我應該是愛著她的，千真萬確。

把洗好的餐具排進烘碗機，摘下已被手指溫熱的手套。

我的世界極為狹隘，中心永遠是母親。

＊＊＊

為什麼哈欠就是這麼不受控？

我托著腮幫子，稍微挪動手掌，摀住整個嘴巴，這次盡情打了個大哈欠。嘴巴大張的下巴，傳來「喀」一聲骨頭位移的感覺。

以前有牙醫對我指出：「妳平常會緊咬牙根。」好像就是這習慣造成的問題。似乎也有方法可以治療，但就算惡化也不會死掉，所以我便任由它去。

我稍微張口，刻意讓上下排牙齒保留空隙。

生活毫無餘裕，就會把一堆事擱置不理，比起預先摘除未來可能會發生的壞事秧苗，今天打工能賺到的幾千圓更加重要。

這堂〈應用中文Ⅰ〉有約一百名學生，還要十分鐘才上課，教室裡早已坐滿了人。第三外文有許多語言可以挑選，我在其中選擇了中文，並沒有特別的理由，只是覺得好像可以派上用場。

基本上，上課時我都坐在最前排，不是因為想專心聽課，而是愈後排愈容易遇到爛學生。他們即使在課堂上也照樣跟朋友哈啦或是玩手遊，吵得要命。

最重要的是，這種肆無忌憚的學生有種特殊的氣味——宛如與髮蠟香料揉合在一起、陽光大學生的氣味。遠遠地聞到還能忍受，一靠太近便教人作嘔。

「請問，這裡可以坐嗎？」

隔壁的座椅喀噠搖晃著，視野中有雙白皙的手搭在椅子上。不過我剛好在想事情，一時反應不過來。

「不好意思？」對方再次出聲，聲音聽起來很強勢。

黑色短髮、銀框圓眼鏡、認真向學的外表，在這所大學反而顯得突兀。我對她有點印象，應該是在課堂上看過幾次吧！但不知道叫什麼，也不清楚是什麼個性，只認得臉，大學裡面有許多這樣的人。

「啊！請坐。」

聽到我的回應，對方淺淺地坐到折疊椅上。

陡然間，一股獨特又罕見的香氣輕柔地拂過鼻腔，我無意識地抽動了一下鼻子。那是一股令人懷念的複雜香味，像是夏季的陽光、像是隔著襪子觸及地板的感覺……腦中接連浮現的記憶碎片，都是盂蘭盆節期間的。怎麼會想起這些東西？我納悶了半晌，倏地恍然大悟——這是線香味。

我們家沒有點香的習慣，只有在盂蘭盆節掃墓順便去寺院時才會聞到。眼前的女生散發出和記憶中相似的味道，那是神祕到近乎做作的氣味。

旁邊的女學生完全不知道我內心的分析，徑自打開檔案夾，而塑膠封面上簡單地寫了〈木村〉二字。

「問一下，妳有修通識Ⅲ嗎？」我問。

「有啊！」

木村停下翻頁的手，訝異地看著我。

即便不願求人，但情勢所逼，也為了學分。我微微躬身，扮演可憐兮兮的學生。

「其實我上星期有事沒去上課，如果可以的話，能不能讓我拍一下講義呢？那堂課我沒有認識的朋友。」

這是真的，更正確地說，我沒有一堂課有朋友。

「我有什麼好處嗎？」木村轉頭看著我問道。

被當面這樣質問還滿震憾的，而我擅自有了共鳴：**這女生感覺也沒朋友**。

「沒有好處，只是不抱希望地問問看而已。如果不行的話，我應該會去找賣筆記的人買吧！」

「賣筆記的？」木村蹙眉反問。

大學附近有一家隱密的小店，販賣課堂上的講義，以及上課內容的筆記影本。

收購條件意外地嚴格，筆記除非夠工整，否則好像會被拒絕。我曾經想過要寫筆記來賺取零用錢，當聽到內容不能有缺漏，便死了這條心。

「怎麼可以向那種地方買筆記？這是作弊的行為！」

對方的語氣突然變得很不客氣，嚇了我一跳。

木村銳利地瞇起鏡片底下的眼眸，純白的襯衫袖口露出通透閃亮的玻璃手環，那色澤彷彿在主張主人的俯仰無愧。

「絕不能容許那種買賣，就跟轉賣黃牛是一樣的。因為有人買，那樣邪惡的人才會愈來愈猖狂。」

「可是，這是雙贏關係吧！有人想要賺錢，有人缺課不知道該怎麼辦。雙方各取所需啊！」

「就是有這種只為一己之私而取巧的人存在，真正循規蹈矩努力的人才會吃虧。說起來，妳……呃，妳叫什麼？」

一板一眼地詢問對方名字，顯示出她認真的個性。這種個性，令人欣賞或令人厭惡，只有一線之隔。

「宮田。」我直接了當地回答。

「宮田同學為什麼缺課？」

「不小心排了打工，沒辦法請假。」

「那是妳自己的責任吧？會影響學業的打工，就應該辭掉。」

「要是辭掉，就得找其他工作了。現在打工的地方讓我排很多大夜班，幫助很大。如果賺不到錢，什麼事都沒辦法做了，不是嗎？」

「什麼跟什麼啊！打工打工，妳以為打工可以當藉口嗎？開口閉口就是錢，真是太下賤了。大學生的本分，就是好好唸書。」

下賤，這個詞彙令我啞口無言，居然對賺錢有這樣的認知，簡直太莫名其妙。

「呃……好啦！不跟妳借講義就是了。我會找別人，忘記我剛才的話吧！」

「妳不就是沒有人可以拜託，才會問我的嗎？」

嗚——！我忍不住呻吟出聲。被說中了！

「就是有妳這種恣意妄為的人，認真的人才會被牽連。付這麼貴的學費，不就是為了學習嗎？像那樣取巧，不覺得可惜？缺課，就等於所支付的那堂學費，被白白浪費掉了，而且……」

木村滔滔不絕地在最前排訓起話來，對於初次見面的人，虧她能如此正氣凜然地大放厥詞。

「是是是，總之我不會去跟賣筆記的買，反正我也不是真的不認識半個人。」沒道理對訓話的同學洗耳恭聽，我很快就搖頭敷衍道。

「那，妳認識誰？」

「就……」

被木村瞪著看的我，搔了搔臉頰，翻遍記憶的抽屜，沒有半個稱得上朋友的人。若不說個名字，無法阻止木村的訓話吧？抽搐的嘴唇背叛了自己的理性，卡在大腦淺層的名字不小心溜出嘴角。

「江永同學。」

我們在同一家超商打工，說認識也不算撒謊吧？雖然我們的關係距離「親近」，簡直是天差地遠。

「江永同學，妳說江永雅？」木村眼神動搖，彷彿大受震驚，她愣怔了半晌，那張臉誇張地板了起來問道：「難不成妳是她朋友？」

「也不算朋友啦！」

聽到我的回答，木村明顯鬆了一口氣，她重新調正眼鏡，擺出一副自己是大善人的嘴臉。

「幸好，別嚇我好嗎？妳最好不要跟那個人扯上關係。」

「為什麼？」

「妳不知道嗎？她很有名吔！」木村說完，倏然像在玩傳話遊戲般，表面正經八百，實則難掩興奮，故作神秘地低聲說：「聽說她爸是殺人犯。」

「殺人犯？」

「對啊！江永同學不就那副德行。我聽朋友的朋友說的，跟她同校的同學也提到她在高中超有名。」

「是喔？」

這「聽說」也太輾轉了，不過這傳聞十分耐人尋味。

世上有形形色色的人，當然也有些人的父母有前科，不過殺人犯就相當罕見了。猛然間，腦中閃過今早母親興奮的聲音：「UR卡！」

「所以與其讓妳去求江永同學，我還是把講義拍照傳給妳好了。麻煩告訴我要傳到哪裡？」

「太好了！」

趁木村尚未改變心意，我立刻掏出手機，請木村提供通訊軟體帳號。她的帳號名稱是〈木村〉，我迅速加入好友。

「木村同學的名字叫什麼？」我隨口問道。

木村露骨地擺出抗拒的表情，她拉扯自己的黑髮，不知是不是煩躁時的習慣。

「打死我都不想說。」

「為什麼？」

「沒為什麼，人總有一兩件不想被別人知道的事吧？」

見她說得這麼理直氣壯，我忍不住苦笑。她是忘了自己剛才的發言嗎？或是臉皮厚到根本不在乎？

「妳會這麼討厭江永同學，只是因為她的父親是殺人犯？」

「什麼叫只是？殺人犯吔！太扯了。光是靠近，靈魂就會被玷汙好嗎？」

木村摩挲自己的上臂，彷彿在表現毛骨悚然的感受。那毫不掩飾的感情，是隔岸觀火的嫌惡。

「總之，宮田同學妳也要小心江永雅。大學這地方危機四伏，有犯罪發生，也不曉得會被捲進什麼危險。」

「妳是在說傳教或直銷那些嗎？」我玩笑地說。

「別瞧不起我的警告。」木村嘛嘴嘟囔道。

＊＊＊

這天大夜班剛好跟江永一起。

平常我總是早早就跟她分開行動，今天卻一反常態，一步都沒有離開收銀台。我不著痕跡地觀察江永的模樣，她一如往常地聽著音樂。

我喝光偷藏在櫃台深處的能量飲料，勉強驅逐睡意。生鏽的心臟傾軋著開始怦怦猛跳。**繼續過著這樣的生活，遲早會過勞死吧？**內心暗忖著。我的日常生活宛如一場緩慢的自殺，或許就是在期盼過勞死那天的到來。

深夜時段的打工比白天輕鬆多了，只是由於沒有客人，沉默更顯得突兀。

我補著收銀機的零錢，「嗯嗯」地清了清喉嚨，腦袋全速運轉，努力擠出能自然展開對話的話題。

「江永同學，妳要參加成人式嗎？」

沒有反應。我納悶地轉頭望向江永，只見她倚靠在架子上，頭正微微上下晃動，看得出來是在打拍子。

「江永同學要參加成人式嗎？」我稍微放大了音量。

可能是發現在問她，江永摘掉左邊的耳機，把無線耳機塞進制服胸前的口袋。

「不好意思，妳說什麼？」她微側著頭問道。

重複相同的問題三次，感覺很蠢，因此我換了個說法。

「我問妳要不要參加成人式。」

江永杏眼圓睜，愣了好半晌，慢慢地眨了眨眼，塗著橘色口紅的嘴唇勾成弦月的形狀，露出參差不齊的齒列。

「宮田居然會找我說話，真難得。」

突然被直呼名字，令我感到一陣錯愕，但不想被看出自己被驚嚇到，竭力裝出若無其事的態度。

「會嗎？」我刻意不用敬語回應。

「就是啊！我們一起上過好幾次班，可是妳每次都散發出『不要跟我說話』的氣場，讓我以為妳很討厭我。」

江永說完，咧嘴笑了。

由於只看過她不爽的樣子，因此那純真的笑臉狠狠地刺進了我內心的陰暗處。湧上心頭的內疚，讓臉頰兀自燒了起來，頓時無法正視她。我轉頭望向玻璃牆外，希望暫時不會有任何人進來。

「我不是討厭妳啦！」

不過躲著她是事實，畢竟江永這種型的人，十分難以親近。

「是嗎？可是我們同校又同系，還在同樣的地方打工不是嗎？妳卻從來沒跟我說過半句話，這根本就是故意的吧！妳心裡絕對不想靠近我。」

「這樣說的話，江永同學自己不是也一樣？妳也從來沒跟我攀談過。」

反覆漂色而受損的金髮落在江永的臉頰上，她用指尖輕輕拂開，孩子氣地嘟著嘴「嗯」了一聲。

「那是客氣啦！是客氣。我想宮田這種認真的女生，應該很討厭我這種吊兒郎當的傢伙，所以乖乖的不吵妳。倒是，妳怎麼突然轉性了？不可能是認真想要知道我要不要參加成人式吧？」

江永頭一歪，摘下另一邊的耳機，她的耳垂掛著衣架造型的廉價耳環。

「確實，成人式只是藉口。」

「果然。」

「是我對妳感到好奇，想要跟妳好好相處。」

「為什麼？」

「因為我聽說妳爸是殺人犯。」

江永的笑容霎時凍住，鑲著睫毛的眼白中，黑色瞳孔倏地收縮起來。

「啊哈！」她發出卡在喉間的笑聲，然後按著肚子彎身朝下，一副好笑到不行地劇烈顫動著肩膀。接著她再次「啊哈！」地笑了一聲後，重新抬起頭，那笑容中的僵硬已散去，不自然消失了。

「妳現在才知道這件事？那麼有名吔！看來妳真的沒有朋友。」

「嗯，真的是沒有。一年級的時候，我說：『花三千圓跟妳們去吃飯，太浪費錢了。』從此之後，再也沒人願意跟我說話。」

「這麼嗆喔？看妳乖乖牌的外表，沒想到這麼衝。」

「因為是事實啊！不參加飯局，就可以少打三小時的工。」

那是入學典禮剛結束的事。新訓時，坐後面的三個女生向我提出邀請，卻被我當場拒絕，之前再也沒有半個人邀我參加任何活動。也許是惡評不脛而走，或是系上的小團體已自然直接排除我。

「我知道妳排超多班，就連堀口都傻眼。唉！若是這樣，難到妳是會被壞人吸引的女生？妳對男人也是那種不壞不愛嗎？」

「我對戀愛沒興趣。」

「真假？那妳對友情有興趣？」

「也不是，我對不幸的人有興趣。」

江永一時語塞，片刻後，「噗哈」地爆笑出聲，她一屁股坐到旁邊的折疊椅上，頻頻蹬腳，像在強調她覺得有多好笑。

「講這種話，妳還要做人嗎？太扯了吧！人渣的極致。」

「因為，我覺得我無法跟幸福的人彼此理解。」

「笑死我了，好久沒看到個性這麼爛的人。太扯了、太扯了！」江永用拇指關節拭淚，滿足地低喃道：「啊！好好笑。」過了好半晌，她抬起頭好奇地反問：「原來妳很不幸喔？不過看妳排這麼多班，也猜得出來啦！而且妳總是一副死魚眼。是怎樣？家裡有問題？」

「不能說沒有。」

但也不能說有。我從來沒有被家暴，母親也不是不愛我，若折磨我的事物，是更簡單明瞭的不幸就好了，因為如此一來，我便能正大光明地宣揚自己有多可憐。

「欸，妳一個人住嗎？」江永問。

「住家裡，跟我媽。她也不是那麼壞，即使整天換男友，也都有好好在外面工作。唯一的缺點，大概就是花的比賺的還多吧！」

「好毒親喔！既然住在一起，妳最好對妳媽好一點。」

江永交疊雙腿，促狹地建議道。

「為什麼？」

「因為彼此隨時都可以殺了對方，不是嗎？惹對方生氣，可不是好主意。」

這話讓我理解到，她對家人沒有絲毫信賴。這件事讓我有些開心，卻又有點不甘心，覺得江永的際遇比我更加不幸。

不想在不幸上輸人這無用的自尊，讓我的心臟激動了起來。

「宮田妳打超多工的，那每個月能賺多少？」

「超商加上短期打工，一個月約二十萬左右，長假的時候能賺更多。」

「妳怎麼不賣？」

「咦？」我反射性地發出聲音，覺得自己被侮辱了。

然而，我的反應卻讓江永露出愣住的表情。

「要賺錢的話，賣不是最快的嗎？」

「是啊！只是一般不會想到那個吧？」

「是嗎？這也是一種工作啊！當然是有條界線，就看容許客人做到什麼程度。」

「妳在做特種行業嗎？」

「嗯……是沒在店裡做過啦！都是用網路。啊！這算是所謂的白雇工作者？」

「絕對不是。」

「總之，我做過很多啦！國中時我媽叫我做，後來就一直靠這個賺生活費。雖然一開始真的恨得要死，可是……怎麼說，就習慣了吧！現在有網路，而且要是遇到闊客，一次就可以賺到妳的月薪這麼多喔！」

哼哼！江永得意地撐大鼻孔。

我忍不住按住太陽穴，這內容太過激烈，頭好痛，也覺得爛透了！**那種母親真該天誅地滅！**

猛地，那天濃烈的薄荷香重回腦海，壓在母親身上的男人眼睛充著血。如果他的手也伸向我的話？光是想像，我就全身哆嗦。

「那，妳現在怎麼會在超商打工？」

「因為我決定金盆洗手啦！其實，之前我被一個超恐怖的客人掐住脖子，整個人昏了過去，差點沒死掉。」江永語氣唾棄地說：「當我醒來後，妳猜他說什麼？

『我加錢給妳，讓我再掐一次。』」

我不由得望向她的脖子，不知道是原本的膚色，還是曬黑的，她的膚色接近柔和的褐色。

「雖然我一直都知道有風險啦！像是有人不付錢就溜了，也有可能變成命案受害者，甚至可能會得病，而且這件事本身就是違法。一直到親身遇到顯而易見的危機，才會真正體認到有多危險。心想：**不能再幹下去了！**我才決定不再繼續。因為要是死了，賺的錢也沒處花。」

「我沒辦法，那種事我連一次都無法忍受。」

「是嗎？不過有很多人靠這個吃飯，我自己就是，做這個養活我媽。」

「妳媽逼妳做這種事，妳還有辦法繼續愛她？」

江永交抱手臂，眉間擠出皺折，嘴裡發出作戲般的低吟聲：「唔……」一副「**我正在思考喔**」的表情。

「與其說是愛，到不如說，當時是靠親情在撐吧！可是……嗯，現在我已經不在乎了，因為我跟她已沒關係。我拋棄了我媽！」

「拋棄？」

「我把連絡方式全換掉，也沒告訴她住址，搬出來自己住。高中時，我說我要上大學，被她拚死拚活地反對，還恐嚇我要是敢上大學，就把我的色情照上傳到網路。居然被自己的母親威脅公開色情照吔！妳說扯不扯？所以我決然地搬了出來。或許現在網路上能看到我的裸照喔！超好笑。」

「一點都不好笑。」

她怎麼能笑著說出這些？不過，她說的內容又有幾分是事實？江永描述的身世當中，只有垃圾到家的母親，完全沒有父親的影子。

「這是真的。」江永彷彿看穿了我的心聲，語氣一派輕鬆地回應：「都是真的。因為我告訴妳的，也不是什麼想要隱瞞的過去，都只是可談的內容啦！不拿來跟別人說嘴，消費一下，豈不是虧大了？」

「虧大了？」

「就，平白浪費了被母親壓榨的，我的人生。」

這樣的感性，我一時無法接受，僅理解到江永的身世太過震撼，憑我的際遇，根本不是對手。

什麼嘛！跟她比起來，我一點都不可憐啊！這讓我覺得安慰，同時也有些失望。我還算好的。儘管這麼想，卻對自己的人生在世人眼中不算淒慘到家這件事，感到絕望。江永剛才說我是人渣的極致，這話一點都沒錯，因為我滿腦子只有自己，缺乏為他人設想的體恤。

「我就是到處這樣宣傳自己，所以高中跟大學每個人都躲得遠遠的。不過這世界不是只有學校而已，而且我朋友很多，所以並不在乎。」

「原來妳朋友很多啊！真意外。」

「很多喔！這一點跟妳不一樣吧！」

這話說得沒禮貌，無奈卻是事實。我從以前就沒朋友，若把打工時薪和與朋友相處放在天秤上衡量，我總是選擇前者。國高中便是這樣，上了大學依然如此。

身邊的同學每個都幸福美滿，我時常被他們自以為自虐而脫口說出的話刺傷，不知不覺間拉開了距離，他們卻對這件事毫無自覺。

「我會挑超商打工，是因為這裡很安全，至少不怕會被掐脖子。」江永說著，站起來俯視收銀台。「不過，萬一遇到強盜，就真的完了吧！要死的時候，咱們一起作伴吧！」

「我已經在這裡工作第二年了，目前還沒有遇過強盜。」

「好想親眼看一次超商搶劫喔！」

「我絕對不想。」

「是嗎？強盜也是一種工作啊！」

「絕對不是。」

被我糾正的江永，開懷大笑了起來。

「我說宮田啊，現在的我是個好人，妳真的很走運。」

江永是好人嗎？我不禁感到疑惑。

江永修長的手指勾起長長的瀏海，一個撩人的眼神掃來，那妖豔的動作讓我心頭怦然一跳。

「若是以前的我，在妳提到我爸的瞬間，已經被我打個半死了。啊！不過被問得這麼直接，搞不好還是會像現在這樣，很欣賞妳呢！」

「原來妳欣賞我喔？」

「要不然我幹麼跟妳東拉西扯這麼久？遇到討厭的人，我都直接無視。」

「妳欣賞我哪一點？」

「當然是因為我也一樣喜歡不幸的人啊！」

江永哼哼笑了一陣，仰望背後的香菸架。每一牌香菸都標上數字，客人看好想要的菸，會告訴店員號碼。就算說出〈七星〉、〈美國精神〉等品牌名，我們也不懂，當然有時會有客人生氣地罵道：「怎麼連這個都不知道！」

「江永，妳不抽菸呢！」

「為什麼用肯定句？」

「因為妳身上沒有菸味，可是香水味超濃的。」

「我很臭嗎？」

「……」

「直接說啦！」

「待在妳附近，有時候會頭痛。」

「真假？天哪！太震驚了……」

江永說著，把自己的手腕湊近鼻子，抽聞了幾下。

如果她過度介意，我感到很抱歉。只不過，我從小嗅覺就異常靈敏，大概是因為喜歡嗅聞這個行為吧！

我最喜歡小時候父親幫我洗的毛巾香味。父親洗衣精都放得比較少，所以衣物上會濃濃地附著人的體味。我也喜歡母親的T恤衣領，以及父親襪子的味道，雖然臭，卻是活生生人的氣味，令人上癮。

流汗時會散發出動物般的體臭，以及雨天時地鐵那種發霉般的氣味，我都不討厭。我厭惡的是人身上的人工香味，不管是香水還是止汗劑，多種味道混合在一起就讓人難受，柔軟劑的香味也一樣，太重便教人想吐。

「宮田沒有味道呢！無味。」

「應該是妳鼻子失靈了吧！香水擦太多。」

「有可能。倒不如說，除了在做以外，我從未在意過別人的味道。」

這時，門鈴響起，自動門打開，久違的顧客走了進來。一個穿著連帽T的中年男子，在幾乎空空如也的飯糰區挑選，最後只拿了杯裝燒酎走過來我這裡結帳。

「此商品需要確認年齡，請按螢幕確認鍵。」

客人聽從響起的電子音，默默地觸碰螢幕。

購買菸酒時，畫面會出現詢問〔您已年滿二十歲嗎？〕的畫面，顧客必須點選〔是〕才行。除此之外，超商還有許多分析顧客年齡的系統。最麻煩的，就是收銀機上各年齡層的按鈕，每次結帳都得按下〔三十至三十九歲女性〕或〔五十至五十九歲男性〕的按鈕。由於我時常看不出別人幾歲，總是隨便亂按。

「謝謝光臨。」

我遞出商品說道，客人伸手接過便匆匆離去。我想起他的手在發抖，猜想他會不會一跨出店門就開喝。我還未滿二十歲，沒喝過酒。

店內再次無人，這回是江永打破沉默。

「宮田，妳有辦學貸嗎？」

「有啊！一年一百萬，四年四百萬圓。」

「有利息嗎？」

「有，我打算一畢業就全額繳清，沒怎麼在管利息。目前光靠打工就付得起學費，所以學貸都沒有動，只是辦來以防萬一的。」

學貸一毛錢都沒有動，是我的一點小驕傲，因為這是我可以自力更生的證明。

江永伸出食指抵住嘴唇，以眼線強調的眼眸銳利地射穿我。

「錢存在誰的戶頭？」

這個問題出乎意料，讓我愣怔了好半晌。

「我的戶頭。」我呐呐地回答。

「錢都還在嗎？」

「咦？」我的臉頰抽搐了一下。眼前這個人在說什麼？

江永一把抓住我的雙手，隔著制服揉搓似地輕握住。

「兩條牛蒡似的手。」她用誠懇無比的態度，說出嘲笑般的話。「看到妳啊，就覺得好像瞧見以前的自己，教人火大！」

「妳不是欣賞我嗎？」

「就是欣賞才覺得火大。」

江永說著，用拇指和食指圈住我的手腕。

我自己也有過瘦的自覺，肚子就像被挖掉一塊似地凹陷，肋骨微微浮出。胸部也沒有江永那麼豐滿，甚至比A罩杯還要扁，只是微微隆起而已，根本不需要穿胸罩。T恤的尺寸從小四就沒有變過，胖一點的男人，胸部應該都比我有分量。平胸讓我感到自卑，卻也是一份救贖，因為這讓我極端地不必意識到自己是個女人。我想逃避這個事實，卻並非想變成男人，單純不想身為女人……更不想變成母親那樣。

「妳最好小心點，就算是父母，說穿了也是別人。」

江永哼歌似地說完，放開了我的手，我將伸出袖口的右手掌一開一合。

我並不是相信母親，只是認為母親還是會恪守最後一線。她不會像江永的母親那樣威脅女兒要把色情照散播到網路，就算她花錢如流水，也不會動用女兒的錢。

「妳化妝技術很爛，黑眼圈完全沒遮住，一看就超級不健康。妳真的有必要每個月打工賺到二十萬嗎？」

心臟怦怦亂跳起來，肋骨一帶陣陣刺痛，空蕩蕩的胃揪成一團。我知道這種感覺，是身體即將發出悲鳴的徵兆。

江永的目光捕捉到我身後的空罐——含有大量咖啡因的能量飲料，那就是我今天的晚飯。

「妳要小心拚命成癮。」

「什麼成癮？」

「想到自己拚成這樣，有時不是會陷入自我陶醉嗎？人一忙，就容易朝不用動腦的方向沉淪。與其傷腦筋去煩惱，寧願就這樣算了，忙得團團轉也很爽之類的。」

「不，並不爽好麼！」

「真的嗎——？」

「……是無法完全否定啦！」

「啊哈！真坦白。」

江永的杏眼光影錯落，就像露出雲間的月亮，捲翹的長睫毛在眼下形成陰影。

「也得小心不幸成癮。」

一陣濃重的香水味撲鼻而來，是黏膩又虛假的花香，宜人的香氣掩蓋了江永雅真正的體味。

「江永同學，妳真的跟我同年？」

「咦？我沒說過嗎？我現在二十一歲，今年就滿二十二了。」

「咦，是嗎？」我的聲音忍不住走了調。

比起她年紀比我大的事實，不惜重考兩年也要上大學這件事，更教我意外。

「對啊！所以我不會參加今年的成人式。倒不如說，滿二十時我也沒去。反正我在這裡也沒朋友。」

「江永同學不是這裡人喔？」

「不是，我從四國來的。」

「可是妳一點口音都沒有吔？」

「我自己矯正的啊！我希望別人把我當東京人。高二時輟學，一個人跑來東京自己住，然後存錢，參加高中同等學歷考，好不容易才進大學。花了好久呢！」

木村提到的江永的八卦內容，會隔那麼多層傳聞，原因或許是關東和四國如此遙遠的物理距離。這所大學竟然有知道她高中過往的人，這在江永的預料範圍內嗎？或者就如同她所說的，她不在乎有人知道她的過去？

「那妳的學費怎麼辦？」我好奇提問。

「自己賺的啊！讓人掐脖子賺的。」

江永俏皮地吐了吐舌頭回答。

＊＊＊

走出超商，天色已逐漸亮起來。通透的水藍色上，金色的晨光逐漸擴散開來。派報員挨家挨戶投報紙的聲音，是只有大清早才能感受到社會淺淺的呼吸聲。

運動鞋底一次又一次在柏油路面上磨擦，我往家裡的方向前進，但絕大多數的人正要前往職場或學校。我故意踩出響亮的腳步聲，經過離車站不遠的住宅區，許多高級轎車停在門面氣派的房屋前。

後來江永告訴我許多事——她的興趣是唱ＫＴＶ；三個月前和男友分手後，目前是空窗期，不過有好幾個會在家裡過夜的男性友人；對名牌沒興趣，若收到名牌禮物會很開心，因為可以拿去賣錢；酒量很差，但做愛前一定要喝酒，她討厭在清醒的狀態讓人上。

愈瞭解江永的過去，愈強烈地意識到：她是個女人。江永雅就是酣暢淋漓地享受著身為女人的好處與壞處，直到今天吧！

我從未沒交過男朋友，總是遠遠地聽同學歡欣地談論：「昨天跟男朋友愛愛了。」截至目前我經驗過的性方面接觸，就只有在電車裡遇到色狼。

我人生第一次遇到色狼，是國一的時候。

當時我正在放學回家的電車上，那個時間電車沒什麼人，我坐在最邊邊的位置。下一站上車的男人是個約大學生年紀的年輕人，外表服裝都很普通。不知為何硬坐到我旁邊來，明明到處都是空位，我困惑他幹麼非要跟我擠不可？但換座位又好像顯得很不禮貌，因此我繼續坐著。

幾站過去，閉著眼睛的男人默默朝我靠過來，由於我坐在最旁邊，只好任由他壓上來，我還悠哉地解讀他是累到睡著了。對於有人倚靠在自己身上，並不覺得特別討厭，只因為我毫無警覺。

又過了一陣子，我察覺男人的手在動。交抱的手臂下側，左手背的手指根部稍微突出的部分，正沿著我的身體側面緩慢地移動，原本碰到肚子的手背漸漸往上爬，經過我的腹部，終於來到了胸部。男人的手背隔著襯衫碰觸我的胸罩。

我屏住呼吸，懷疑是自己誤會，還是想太多了，過度意識睡著男人的動作嗎？**太蠢了！才沒有男人會對我這種乾巴巴的女人毛手毛腳。**正當我如此暗忖時，立刻被現實給否定。

男人的手開始慢慢地上下移動，顯然是意識到胸罩的範圍在撫摸，而且手的動作也愈來愈大膽，終於手背用力壓上了胸脯。男人突然靠得更緊密，我被夾在牆邊和男人之間，近旁傳來粗重的鼻息聲，我無路可逃。即使如此，男人還是繼續裝睡。

從遠處看過來，就只是有個國中女生被旁邊睡著的乘客壓住吧！這件事更讓我退怯了。**太可怕了！如果亂動，萬一他做出更恐怖的事怎麼辦？**恐懼與不安在腦中盤旋，我只能裝作若無其事，靜待時間過去。就在這當中，下車站快到了。

電車一抵達，我便扭身脫離那狹窄的空間，直接跳出月台，站在原地動彈不得。直到聽見電車門關上的聲音，才有辦法回頭，隔著玻璃望向車內，那個人還在裝睡。我一直站在原地，直到電車離去，因為是鄉間車站，月台角落沒有人。

哈哈——。笑意湧上心頭，我雙手扶膝，書包從肩上滑落。**真的太好笑了！我再次放聲大笑。**

那個男的怎麼那麼蠢？最先浮現的感想是這個。我根本沒有胸部，你摸得喜孜孜的觸感，是胸罩裡面塞的胸墊啦！真是白痴！都幾歲的大人了，居然對國中女生做這種可恥的事？白痴啊！大白痴！我在腦中恣意嘲笑了男人一番，決定把今天的事藏在心底深處。

我沒有告訴站員，也沒有告訴母親，因為這根本沒什麼大不了。我完全沒受傷，也不是被害者，只因為我想要這麼相信。

啊！剛才江永說的要拿來當談資，或許就接近我當時的感情。我這才領會到，是遠比我更激烈、更窒息、更空虛的感情。

隔著襯衫被摸胸部的瞬間，我察覺自己是性壓榨的對象。然而，正視這個事實讓人痛苦，因此我決定忽視受傷的自己，表現得一如平常，強調自己根本不在乎。

這是我對抗的方式，若是不這麼做，我承受不了。

路燈開始熄滅，漸漸出現人影，那些走出幸福家庭的人們。

我快步通過住宅區，免得看見這些人。

回家一看，母親睡在地毯上，應該是懶得走到自己的床吧？

我沒有開燈，小心移動腳步，免得吵醒母親。桌上擺著發泡酒的空罐，和剩下一半的洋芋片袋子。

我準備了咖哩和沙拉給母親當晚飯，她卻幾乎沒碰。雖然很想叫她吃這些當早餐，但她絕對不會接受。電鍋裡的飯以保溫狀態過了一晚，整個都硬掉了。我心裡埋怨著：至少也幫我拌一下，分成一份一份用保鮮膜包起來冷藏。

母親一定又會吵著要吃早飯，趁她還在睡時準備一下好了。滑菇味噌湯就可以了吧？我心想，打開冰箱檢查。房間陰暗，窗外射進來的光剛好照亮了手邊。

離婚前，父親做的家事比母親還要多。父親煮的味噌湯，高湯濃郁美味極了。記憶中的父親很疼我，如今我也開始懷疑，那或許是被美化的記憶。

大學畢業的父親和高中學歷的母親，是在職場相識的。正職員工的父親和約聘的母親，交往了一年後結婚，並生下了我。兩人相差了十六歲，是老夫少妻，即使年紀相差很多，感性卻很相近，這似乎是母親被父親吸引的理由。

學歷是母親心中最大的痛，每次只要喝醉，就會聽她埋怨：**明明做著和父親一樣的業務內容，為什麼薪水相差這麼多，教人氣不過。**

離婚後，母親辭掉工作，以正職身分進入現在的公司。帶著一個小孩，要換工作一定相當不容易，但母親仍舊拚命找工作，因為父親不再支付我的扶養費。記得頭幾年好像每個月還會匯錢，到我小學中年級時，似乎就無疾而終了。母親時常對著我唉聲嘆氣地說：「**陽彩，妳爸已經忘記妳了。**」

也許那個時候，父親有了新的家庭，我甚至希望真是如此。只要他過得幸福，就不用擔心他會冒出來攻擊我，我和父親可以形同陌路地各過各的人生。

國中時，我睡前經常想像父親乍然來到家裡的場景——長大的我打開玄關門，如同記憶中的父親衝著我笑，接著他牽起我的手，滿面笑容彷彿要說「我愛妳」，開口卻是宣告：「**妳可以替我當保人嗎？**」

我隱約記得離婚前他與別人講電話的內容，也沒忘記高利貸打來的電話，讓母親勃然變色。

「為何家裡都沒有存款？」母親歇斯底里地尖叫。

「不都被妳花光了！」父親反駁道。

「為什麼這麼花錢？」母親不斷地抱怨道：「小孩子怎麼會這麼花錢！」

每一次都忍不住心想：**我不要生下來比較好吧！**

當母親要求監護權歸她，打算一個人扶養時，令我感到很意外，因為我已經預期自己一定會被送去祖父母或外祖父母家。後來我才得知祖父母當時已經離世，外祖母則忙於照顧失智的丈夫，根本沒有餘力管外孫女。

菜刀將蕪菁一分為二，刀刃撞上砧板，敲出「叩」的清脆聲響。回頭一看，身後的母親仍在熟睡，發出均勻的呼吸聲。手機掉落在離她纖手不遠處，垃圾桶裡有好幾張硬塞進去的遊戲點數卡，一看就知道又在玩手遊，也許是一邊講電話，一邊跟男友一起玩。

離婚後過了一年，母親開始帶年輕男人回家。看著母親的行為，我心想或許她是在做給父親看。

母親還算是知道分寸，會確定我睡著之後才跟男人上床。而小時候的我也很貼心，當母親的男友到家裡時，我就在被窩裡閉眼裝睡。自己依稀理解到：**要是被母親拋棄，我也不用活了。**

從那個時候起，我便開始學做家事，想盡量減少母親的負擔。一開始不管是煮飯、洗衣還是打掃，每一樣都做得慘不忍睹。母親嚥下半生不熟的紅蘿蔔，摸著幼小的我的頭稱讚道：「**好好吃喔！陽彩真是乖孩子。**」沒刷乾淨的浴室、半乾的毛巾，母親都沒有半句怨言，大加稱讚。

「**媽媽愛妳喔！陽彩。**」每天早上出門前，母親都會這樣對我說。如果我發燒了，她就會用手梳著我的頭髮，餵我吃超商買來的布丁。有段時期，我們也會一起去買衣服，穿母女裝。儘管母親不曾來參加過教學觀摩日或運動會，我卻從來不會為此生氣，我理解母親是在為我工作。

心臟一陣絞痛，我停住切菜的菜刀，鍋中的高湯沸騰了，滾動的氣泡聚集到水的表面，隨即消失。昆布與柴魚混合的香氣，在狹小的室內擴散開來，唾液在口中累積，空腹的胃就像被擰絞般劇痛了起來。

大概是上高中以後，母親看到我在唸書就會不高興。只要我一打開參考書，她會激動地逼問：「妳唸書要做什麼？」「妳要離開這個家嗎？」「不用上什麼大學！」

就是這時候，她要求我每個月給家裡八萬圓的生活費。母親一定是想要盡可能剝奪我讀書的時間，她深信大學這東西會害我變質。

我這個窮學生沒有任何地方可以唸書，在家會被母親罵，就算想去圖書館，打工結束後也早已閉館了。我只能購買最低車資的車票，在發車站和終點站之間往返背單字，或是趁學校課堂休息時間拚命寫完功課。周圍的同學經常笑我：「下課時間那樣拚命唸書，成績卻不過爾爾。」不過，這些嘲笑我並不放在心上，反而在心裡認定：不幸的我跟你們不一樣，我是特別的。

公立高中的導師察覺到我的經濟狀況，多次建議我報考國立大學。國立大學的經濟負擔比私立要小得多，報名費也更便宜，還可以住學校宿舍。

「搬出家裡如何？」老師如此建議。然而，我無法將完全不會做家事的母親丟在這個家，她有恩於我。年幼的我無法獨力生存，確實是母親把我拉拔長大的。

好幾次我都在想：**要是母親的收入再少一點就好了。**這樣一來，有些大學就可以免除學費，還能申請獎學金或免利息學貸。只因為母親收入普通，我無法得到國家支援，但明明我又無法使用母親的收入。

看著露出天真無邪睡容的母親，我感到眼球深處滾滾沸騰起來——那是強烈的憤怒、無奈，以及根本之處怎樣都無法抹去的對母親的愛。

即便像這樣受盡折磨，我依然愛著母親，這就是我的弱點。

「……好香。」

母親的眼皮抽動了一下，那半睡半醒的喃喃自語，讓我的嘴角微微泛出笑意。

喝了我煮的滑菇味噌湯，母親一定會開心吧！我無視湧上心口的嘔吐感，把湯料倒進鍋裡，切碎的蔬菜沉浮在透明高湯裡。

＊＊＊

兩人聊過的隔天開始，我和江永的關係愈來愈好。

沒客人的時候我們會閒聊，甚至一起說堀口的壞話。江永爽朗地述說自身刺激而陰暗的過去，而我斷斷續續地提及我過往的辛苦。

江永同情我，我同情江永，兩人相處的時間舒適愜意。

黃金週連假過去，我在〈通識Ⅲ〉的教室裡查看木村傳給我的講義圖檔。通識課的學生有三百人左右，教室比一般課程的還要大，由於不分學系，有許多學生連臉孔都很陌生。

在這樣的大教室，我會挑選正中央的座位，密度變得稀疏的那一排是我的目標。

「早。」

背後傳來招呼聲，我不覺得是在對我說的，因此沒有搭理。在這個大學裡，從來不會有人向我打招呼。

「喂，不要裝作沒聽見啦！」

我發現有人一邊這麼說，一邊在身邊坐了下來。抬頭望去，嗅聞到刺鼻的花系香水味，原來坐到旁邊的是江永。

「啊！早……」

聲音愈來愈細，因為我完全沒料到會在大白天遇到江永。到底為什麼呢？我模糊地認定江永雅這個人只棲息在深夜的超商裡。明明不可能有這種事啊！

我感覺到後方座位的兩個男生目光頻頻飄向江永，更嚴格地說，是落在她露肩上衣外的肩膀上。就連我都不曉得眼睛該往哪裡擺，江永似乎完全不在意。

「昨天下班以後啊，我就直接倒在床上了！」

江永自顧自地搭話閒聊起來。

「然後呢？」

雖然困惑，我還是附和催促著下文。

江永用擦了指甲油的指甲「叩叩」敲著桌子。

「我租的地方是棟破公寓，牆壁薄得要命。然後啊！早上醒來的時候，隔壁傳來像洋片AV的呻吟聲，『啊嗯——阿嗯——』這樣。」

也許是想要傳達臨場感，江永刻意將呻吟聲都重現出來。我知道她是好意，但臉還是不由自主燒紅了起來，幾名學生也錯愕地轉過頭來。

「那聲音斷斷續續的，就在想：啊！這是隔壁大叔在DIY吧？我也才剛上完大夜回來，被吵得一陣火大。『一大早想要爽快是你家的事，可以注意一下音量好嗎？』我打開玄關門正想這樣吼人時，發現居然是放外面的洗衣機在『咿呀咿呀叫』。原來在叫的是你啊！」

瞬間，教室各處冒出「噗嗤」的笑聲，主要是男同學。我好想立刻裝作不認識，不想被當成江永的同類。

我低下頭去，江永故意伸頭過來看著我的臉。

「不好笑嗎？我還想當成『保證爆笑的哏』存起來吔！」

「如果不是在這裡聽到，我可能會笑。」

「哈哈哈——，妳不想被當成喜歡黃色笑話的女生，是吧？」

「應該是說，周圍的目光讓我笑不出來。」

「天啊！也太纖細了吧？」

「是妳太粗枝大葉了。」

「有嗎？在意別人的眼光，簡直是蠢斃了。」

是這種問題嗎？在社會走跳，必須顧及時間、地點、場合。我本來想如此反駁，又覺得沒什麼意義，最後只在嘴裡咕噥了幾句。

江永將畫出弧線的秀髮往左肩一撥，朝我挨了過來。

「倒是，妳今天是不是有點冷淡？」

「因為這是第一次在大學遇到。」

「啊！是嗎？」江永微歪著頭。

「妳在大學沒有朋友嗎？」我反問。

「有是有，在系上應該沒有。是有在課堂上遇到會混在一起的人啦！宮田，妳絕對沒朋友吧？」

「沒有。」

「妳這種乾脆的地方，我還滿喜歡的。」

江永「啊哈」一笑，取出手機。迪士尼角色圖案的手機殼上貼著水鑽，配色炫麗刺眼，就像在警告有毒的野生動物。

「喏，告訴我帳號。」

「怎麼了？沒頭沒腦的。」

「想到我沒有妳的帳號啊！想連絡時不是很麻煩？」

「有需要連絡的時候嗎？」

「嗯……像是想要妳幫我代班的時候啊！」

既然如此，那也沒辦法。

我說出自己通訊軟體的帳號，堀口喃喃地複誦著：「啊！有了。」並按下圖示。我的手機立刻震動起來，低頭一看，隨著「叮」的效果音，畫面出現氣泡框，顯示出神祕的一字——〔吔！〕

「這是什麼意思？」

「就『吔』啊！」

「更加莫名其妙了。」

江永的帳號圖案，是用貼圖遮住嘴巴的自拍照，修得比本人漂亮三成。

「對了，妳查過存摺了嗎？」

「什麼存摺？」

「學貸的。」

我察覺到臉頰的肌肉僵住，江永執拗地提起我不願意去想的可能性。

「沒有。」我搖著頭說。

「吼！」江永托著腮幫子叫了一聲，將手機螢幕向下擺放在桌上。「妳是害怕懷疑妳媽，是嗎？」

「沒有啊！」

「騙人——。」

「妳又知道了？」

「眼神飄移不定喔——！」

「咦？才沒有。」

我對撲克臉相當有自信，不管是國中還是高中，一到下課，我都會擺出一副面無表情的樣子。每當不小心聽到別人聊天，內容又好笑時，特別難受。我不想被人發現在偷聽，只好若無其事地用手掌按住嘴唇，自以為虛無文青地假裝看向窗外。

這麼說來，上大學以後，或許變鬆懈了。大學沒有高中班級那種狹小的社群，不管在好或壞的意義上，自己都變得無足輕重。

「妳很喜歡妳媽？」

「也不是喜歡……」

我支吾起來，垂下目光。喜歡媽媽，這說法好孩子氣。

「她是我唯一的家人，我不能丟下她。」

「家人喔……？」江永的手自臉頰移開，下巴的青春痘從粉底下浮出來。「家人，這可能是我全世界最討厭的字眼吧！」

「為什麼？」

「明明就只是個幻想，每個人卻都擺出一副有家人是天經地義的嘴臉。」

只見她擦著一層口紅的唇角自嘲地勾起，露出宛如共犯的眼神。妳懂吧？測試般的無聲呢喃，不知不覺間在喉嚨咕嚕一響。

家人只是一種幻想。這我也知道。

小學時，讀到倫理道德課本上的親情故事，我幾乎要嘔吐出來了。在教學觀摩日，看到和父母說話的同學，被迫寫信向父母表達平日的感謝的時候，我再次正視到一個事實——

啊！我沒有一般人的幸福。

這世上善良的人會想方設法，避免孩童受到傷害。說什麼自殺場面會害小孩子傷心，所以要禁止傷害人的創作品，不能讓孩子看到。然而，攻擊幼小的我的凶器，卻是氣味更柔軟、更溫暖的事物。

我沒有告訴任何人，自己看到的那些，深深遭受到創傷。因為說了也沒用，是受傷的自己不好。

這麼說來，新聞節目曾經探討過，電影的自殺場面引發輿論嘩然的話題。只見名嘴生氣地表示：「萬一小孩子模仿了怎麼辦？」我心想：原來大人也就是這種水準而已。他們甚至不會去想像，也有些小孩會因故事中的自傷而得到救贖。

對於無人理解，我並不感到氣憤，只感到絕望而已，內心不禁思忖：原來每個人對世界的看法，竟是如此地天淵之別。

「我最討厭的觀念是那個……各人造業各人擔吧！」

聽到我說的話，江永笑著表示同意。

「我懂——。」

就在這時，我手中的手機響了一聲，低頭望向螢幕，是木村傳訊息來了。

〔到時候吃苦頭，是妳自找的。〕

我抬頭東張西望，發現木村一人坐在教室最前排，止打開講義。她沒有朋友嗎？還是喜歡一個人？我已拿到缺席那堂課的講義檔案，沒必要再討好她了吧！

「朋友傳的？」旁邊的江永好奇問道。

「認識而已。」我下意識回應。

我將手機插進皮包內袋，沒打算回訊，覺得麻煩。

＊＊＊

今天難得沒有打工，我下午三點離開校園，搭電車直接回家。車程十分鐘，從車站走回家十八分鐘，抵達家門時是三點半。

現下還是大白天，想做什麼都可以。想要一口氣洗掉累積的衣物，也好久沒吸地板了，還有一堆非做不可的雜務……

然而我最想做的，就是倒頭大睡，不用在乎起床時間，盡情地睡一大覺。當然我也清楚，這是不可能實現的奢望。因為只要酣睡過一回，身體就會發現自己有多疲勞。防備的大腦總是緊張兮兮，避免自己睡得像灘爛泥，如此一來，睡眠自然就很淺，幾小時就會醒過來。

呼——。我刻意從肺部吐出一口氣。

家人！上課前江永提到的這個詞，好陣子在我的腦中一隅縈迴不去。家人、家人！我再三反覆咀嚼這個詞，就像黏在臼齒的牛奶糖般，黏兮兮的字眼。

穿過住宅區，終於看到自家公寓，我停下惰性移動的腳。為什麼會停下來？一開始自己也不明白，只是察覺危險的本能緊揪住我的後頸不放。我屏住呼吸四下張望，總算發現異樣感的真面目。

公寓前面是管理員經營的月租停車場，停放著鄰近住戶的車。地面與車體之間露出人的腳，嚴格來說，是灰色棉褲的褲管，車窗卻看不到人影。換句話說，那個人刻意蹲在車子後方躲起來。

先折回車站比較好嗎？不，或許只是無處可去而躲在那裡的人，我幹麼為了素不相識的陌生人浪費寶貴的時間。萬一是隨機殺人魔該怎麼辦？到時候再用跑的逃命嗎？我低頭看自己的腳，運動鞋的鞋帶綁得牢牢的。

我默默將皮包抱在胸前，以方便逃命，再裝作若無其事地走向樓梯。我們家在二樓，當然沒有自動鎖這種時髦玩意兒，更沒有電梯。

對方沒有動靜。抓住扶手的掌心微冒著汗。接下來，只要盡快上樓就好。想到這裡，我吁了一口氣。

就在這時，遠處傳來一道男聲，那是既微弱又窩囊的聲音。

「陽彩嗎？」

聽到那聲音，我的腳就像被釘在原地一般，動彈不得。蜂擁而至的過往記憶、兒時回憶瞬間重回腦海。我像生鏽的人偶般，僵硬地轉動著脖子回頭望去，眼前是比十三年前老了幾分的父親。

「……爸？」

聽到我這聲叫喚，父親頓時笑逐顏開，擠成一團的皺紋，道出了他的年齡。

父親走過車子之間，來到我面前。比想像中的還要矮。我暗忖著，記憶中父親的頭在更高更高的地方。

「妳還認得爸爸？」父親指著自己的臉，聲音顫抖地問道。

那百感交集的音色令人倒胃口。**不要自己在那裡上演感動大戲**。

「當然認得啊！」我低頭回答，後悔沒有逃回車站。「你來這裡做什麼？」

「來找妳的啊！萬一被妳媽發現我跑來找妳，她會很生氣，所以只好像這樣躲起來等妳。」

「你怎麼知道我們住這裡？」

「妳在說什麼？我不是每年都有寫信給妳嗎？妳媽不讓我跟你見面，只准我寫信給妳。」

聞言，我倏地啞然無言，我根本不知道什麼信。家裡的信件是我在管理，卻從來沒看過半封父親的來信，看來一定是母親藏起來了。

不知道父親如何解讀我的沉默，他急急地開口想延續對話。

「就是，喏，妳今年滿二十了吧？」

「是啊！」

「妳現在在做什麼？已經在工作了嗎？」

「沒有，我還是大學生。」

「這樣啊！妳在念大學喔！」

父親的表情亮了起來，我對此湧出困惑與煩躁。你到底在高興什麼？我跟你又沒關係，少在那裡擺出一副慈父嘴臉。

「準備考試也很辛苦吧？妳真了不起。」

「不會啊！很普通。」

「不不不，很了不起。爸爸以前很討厭唸書，考大學時超辛苦的……不過都幾十年前的事了。妳媽呢？她好嗎？」

「一樣，就普通。」

「這樣啊！還不錯的話，那就好。」

父親臉頰抽搐地笑了，皺紋增加的手隔著襯衫再三摩擦自己的手臂。他身上材質柔軟的黑色襯衫，我在UNIQLO的架上看過。以前的父親穿衣總是講究一定要名牌，是隨著歲月品味也變了嗎？

「不過真的好多年不見了，沒想到妳還認得出我。」

「相簿裡有照片，還記得。」

「我的照片還在啊？以為都被丟掉了。」

「媽也沒那麼絕啦！丟掉太奇怪了。你是我爸這件事，在遺傳上是事實。」

「遺傳上嗎？」父親苦笑。

「那，爸怎麼會想來找我？」我抱緊包包。

父親的喉結上下滾動了一下。是想要說什麼的預備動作嗎？我目不轉睛地凝視著那半吊子垂下的頭部角度，只見父親的嘴唇顫動，滿溢而出似地吐出空氣。

「……這些年來，爸真的很對不起妳。」

也許是克制不住感情，父親以右手掩住眼睛，蓋住雙眼的手從剛才就微微顫抖。

「小時候的妳到玄關迎接我回家的那些日子，我到現在還是會回想起來。妳邊喊：『我最愛爸爸了。』邊跑過來一把抱住我。我總是不斷地問自己：這麼小的孩子，有辦法一個人活下去嗎？」

父親往前一步，像要縮短和我之間的距離。

「陽彩這個名字，是爸爸幫妳取的。希望妳能在陽光中健康長大，過著多彩多姿的生活，期望妳過得快樂。可是，爸爸卻沒辦法看著妳得到幸福。今天我來，是想要好好向妳道歉。」

父親一次又一次地揉著眼睛，顯得無比激動。

「對不起！」父親不停地深切傾訴著，從皮包裡取出面紙擤鼻涕。「真的對不起！就算不在妳身邊，爸爸還是一直愛著妳。」

太恐怖了！我忖度著。**太噁心、太醜惡了，我從來沒有看過如此自私的生物。**

為了今天這個日子，他一定排演過不知道多少遍吧？自己一個人做好心理準備，說出自我滿足的道歉，跟餵食流浪貓就感到滿足的人一樣。上演這種不負責任的親情家家酒，自以為聖人。

拜託，饒了我吧！好想這麼吶喊。什麼「我愛你」的，別以為這樣一句話就可以赦免一切。**愛，根本不能當成不負責任的免死金牌！**

抱住包包的手，不由得更加用力，金屬零件扎進皮膚，激起一陣模糊的痛楚。唐突地，一股熾烈的怒意滾滾升起，卻一眨眼就煙消火滅了。因為我實在太累了，累到無法展現憤怒。

我將積鬱的情感隨著嘆息一口吐盡。都無所謂了！若不這麼想，我實在撐不下去。反正明天開始，這傢伙又是陌生人。

「所以呢？」我反問。

父親一臉意外地瞠圓了雙眼，也許他以為會有感動的擁抱在等著他。

「突然想要來道歉，總有個理由吧？你有什麼目的？」

我冰冷的聲氣似乎讓父親退縮了，他把剛才擤鼻涕的面紙塞進皮包，尷尬地搔了搔臉頰。

「其實，我要再婚了。」

粗礪的情感磨過舌頭，我硬是將它嚥下肚，露出笨拙的笑。

「原來是這樣，恭喜！」

「對方也是二婚，有個小孩，今年十一歲。」

「是喔！小學生。」

「是啊！正是特別需要關心的年紀……我這次想要好好關心自己的孩子。而且接下來讀國中、高中，一定也很花錢，像陽彩這樣讀到大學的話，會更花錢。爸爸不想讓那孩子吃苦。」

真偉大啊！看到可愛的孩子，總算察覺自己的罪過了嗎？所以才想來道歉嗎？以為只要嘴上道歉，就能擺脫內疚了嗎？

心跳從剛才就不斷加速，指頭失去溫度，呼吸感到困難。猶如沉入水中那般，耳朵深處悶住了，空氣的膜像是把我從世界隔絕開來。

隔著令人不快的濾網，再度傳來父親沉悶的說話聲。

「……所以我想說，給妳的扶養費也差不多要結束了。」

「什麼？」

錯愕的聲音脫口而出，眼眸大睜，卻像是發生在別人身上的事。

「這等於違反了支付到妳二十歲的約定，我覺得很抱歉。只是以爸爸現在的薪水，要同時付妳的扶養費和那邊的家用，實在太困難了……」

父親拖沓地說個沒完，不過對我來說，重要的並不是那些……

包包從懷裡滑落，我甚至無暇管它。我伸手一把抓住父親的手臂，他嚇一跳似地退了一步，我的手划過半空中。

「爸，你有付我的扶養費？」我的聲音沙啞，喉嚨整個乾涸了。「多少錢？」

「每個月八萬圓，都在發薪日匯給妳媽，因為一慢了她就會打電話來催。」

被藏起來的信、被偷偷用掉的扶養費……我可以輕易理解發生了什麼事，明明母親一再對我強調父親早就忘了我。

父親晶亮渾圓的清眸充滿了困惑。啊！我打從心底痛恨他的善良。如果他是個壞人，那該有多好。我希望他懷著對我的內疚、帶著不及格父親的標籤，淒慘地過完一輩子。然而，他的手中卻握有足以將過去一筆勾銷的武器，這教人咬牙切齒。

在想像當中，不管是父親再婚，還是他過得幸福，所有的一切我應該都早已原諒，甚至希望他過得幸福比較好。為何現實中的我，竟是如此地醜惡？

我不想被你愛，我不想看到你幸福！我將奔騰的情感硬是壓抑下來，撿起掉到地上的包包，重新搭回肩上。

父親身上傳來市售柔軟精的香味，和老人味混合而成的味道。以前的父親是什麼樣的味道？應該記得一清二楚的某種事物，光是看著眼前的男人，便徹底分崩離析。我心中的父親形象，被眼前的男人所改寫了。

要是在這時候哭喊責備，父親會對我怎麼想？賞我一個同情的眼神，直掉頭回去他的新家嗎？這樣也太慘了。

我緊緊地握住藏在身後的右拳頭，握到都發痛了。

「爸，謝謝你一直以來的照顧。」

裝出笑容並不會太難，我已經很習慣露出職業笑容。

「扶養費也不用了，用在你孩子身上吧！」

你的孩子！心中年幼的自己在嘶喊。**那我到底算什麼？**我將傷痕累累的嚎咷折疊起來，隱藏在手心。

只見父親的臉第一次因為安心而放鬆，瞇起的眼角擠出皺紋。

「那個，陽彩……」

「什麼？」

「可以給我妳的連絡方式嗎？我想不透過妳媽，偶爾跟妳聊聊天。」

……**不要！**

「好啊！」忽視自己的感受，掏出手機。

我並非原諒了父親，只想……早點讓這齣可笑的鬧劇落幕。

在公寓前與父親道別後，我奔上階梯。

從剛才開始，指頭就抖個不停。父親笑著說：「能見到妳真是太好了。」的表情，一直烙印在眼底，撕不下來。好想吐！我將鑰匙插進鎖孔，試著轉動門把。連這點動作都磨磨蹭蹭的，我痛恨這樣的自己。

進入家中，我直接飛奔進廁所，乾嘔了好幾次，只是胃是空的，什麼都吐不出來。我手撐在馬桶座上，就這樣蹲了下去。

這時，手機響起，螢幕上顯示來自父親的訊息，還附上企業免費角色貼圖。

〔今天謝謝妳了。〕

我不希望父親以為我想聊天，只回傳了貼圖。

用貼圖回應貼圖，是對話到此為止的默契。雖然不知道父親懂不懂，但都無所謂，我只想盡快結束與父親的連繫。

右手抓住廁所芳香劑，湊近鼻子，手擱在馬桶上，不停地嗅聞廉價的薄荷香，拚命將日常的氣味吸進肺裡。

握拳捶打著馬桶座，左手感受到劇烈的衝擊，骨頭傳來痛楚，但我不想理會，一次又一次地捶打。還以為便宜貨的馬桶座會被我擊破，看來我的力道對它根本毫髮無傷，真是太滑稽了。

怎麼不乾脆漏水算了？變成大洪水，吞沒全世界，把這個家徹底毀滅。我知道這是不可能實現的妄想，我心知肚明，一切、一切，所有的一切，都心知肚明。

我抱著芳香劑，搖搖晃晃地爬出廁所。

以前我有偷偷查過，單親母親的家庭，似乎有高達八成的父親不會支付扶養費。**那麼我爸便屬於剩下那兩成盡責的父親囉！**少少的八萬圓，就能讓他擺出道貌岸然的父親嘴臉。

這樣的話，我付的八萬圓到底算什麼義務？我也有扶養我自己的義務，分量甚至與父親同等嗎？告訴我，沒辦法唸書的那段時間到底算什麼？在教室裡淒慘地被人說壞話的那段經歷，是不是根本不必活受罪？

轉開母親房間的門把，鋪開的被褥沒有收，周圍散落著雜物，我直接踐踏亂成一團的蓋被走了過去。

塞不進衣櫃的衣物也沒有掛到衣架上，以全新的狀態丟在一旁；我在百圓商店買的整理盒裡，裝滿了雜誌附錄贈品的指甲油；電視廣告經常看到的美容液；還在鞋盒裡的鞋子；山寨名牌包。充斥的各種物品，都算不上能抨擊是奢侈糜爛的東西，只是對比收入，負擔不起罷了。

我當場蹲下來，抓起掉在地上的肩包，將芳香劑放到地上，瞬間薄荷的香氣在狹小的房間裡擴散開來。

包身上的商標名稱，比真正的名牌多了一個句點。母親明知道是假貨，還買下這些包，因為她覺得只要沒被發現，都是一樣的。我用手將那只皮革包揉成一團，再把變得皺巴巴的包丟到地上用力踩踏。

我將目光從面目全非的皮包移開，伸手拉開衣櫃上面第二個抽屜，那是母親保管貴重物品的地方。翻找了一會兒，輕易就找到印有我的名字的存摺。居然和印章收在同一個地方，實在太不小心了。心中暗罵著，我用發抖的手打開內頁。

〈日本學生支援機構〉這排文字後方，匯款欄裡有定期匯入金額。我迅速翻到最新一頁，只見最新的餘額只有少少的……三萬圓。

哈哈！乾澀的笑聲不由自主洩出嘴角。

早知如此，根本就不要拚死拚活打什麼工，直接拿學貸付學費就好了。不，追究起來，都怪自己要相信母親，徵兆明明就擺在眼前，不是嗎？——塞在垃圾桶裡的遊戲點數卡。會另外去買點數卡，就是因為扣款金額早就超過信用卡上限。

我太膽小了！這就跟明明懷疑自己生病，卻諱疾忌醫的大人一樣，害怕得知真相，一天拖過一天，報應終於來到罷了。

一腳踢開芳香劑，裡面的液體灑了一地，濃縮的清爽香氣附著在我的襪子上。

我拿起存摺和印章，漫無目的地走向飯廳，瞧見烘碗機裡插著今早剛洗過的菜刀。我不經意地抓起刀柄，刀尖帶著平滑的光澤，想像它陷進人類肚腹裡的瞬間。

我右手抓著菜刀，左手操作手機，從吐氣的頻率知道自己正急促地喘著氣。

機械式的鈴聲反覆響起，沒多久，對方接起電話，聲音很是困惑。

『怎麼了？媽在上班吔！』

母親的聲音和早上聽到時一樣。

我一屁股坐在地板上，盤起腿來。

「媽，妳有什麼話要對我說嗎？」

『什麼話？今天晚飯想吃魚之類的嗎？』

「不是，是更重要的事。」

我知道電話彼端的母親吸了一口氣。

『哪件事？』

「妳心裡有數，還是多到數不清？」

『家裡的事不是都交給妳處理嗎？』

母親的聲音還很悠哉，我聽不出是在逞強，或只是還沒察覺。

「家裡的事都交給我的話，錢也交給我管好了。我剛才遇到爸，他說他無法再支付扶養費了。看來我有很多事被蒙在鼓裡呢！」

『妳見到他了？』

「他在我們家外面，看起來就像個可疑人物，我本來想要報警。」

『明明跟我說好不去找妳的。』母親重重地嘆了一口氣，我的左耳撿拾到喃喃細語：『實在是……』

「他是來跟我說，他要再婚了。媽，我全都知道了。妳把爸寫給我的信，還有扶養費都藏起來，這些我都不生氣。妳任意花掉我的學貸，我也可以原諒妳，因為都過去了。」

我以為我會緊張，沒想到舌頭靈活得令人驚訝。在耳畔迴響著自己的呼吸聲，異樣地淺急。我嚥下自然湧出的唾液，喉嚨不由自主地咕嚕一響。

「妳看到存摺了？」

「看到了。」

「……這樣……」母親的聲音微顫，她披上愧疚的大衣，努力強調自己是個可悲的人。「對不起，陽彩。媽就是克制不住自己……」

「我知道媽就是這種人。我們是家人嘛！」

家人，這是江永最厭惡的詞，唾棄說是幻想的詞。

為何「家人」這個詞會在世上如此氾濫，其實我也明白。由於這是幻想，所以努力保護它的人們才格外強大。

只因為是「家人」這樣的理由，就得把另一個人拉拔長大。養孩子要耗費心力，也很花錢，即便如此，還是要把一個孩子養育成人，父母才因此受人尊敬。

只有血緣關係的陌生人，我不會稱他們為父母，我不想！

母親給了我愛情，卻也給了我更勝於愛情的背叛。我並不質疑她的愛，但她卻只施予我愛情，所以呢？我是方便的女傭嗎？還是可愛的寵物？就算是幫忙打掃房間的掃地機器人，人也會覺得可愛，而母親對我的愛就跟那一樣嗎？

眼頭灼燙了起來，我閉上眼皮，握在右手心的菜刀柄存在感愈來愈強烈。

「媽，我要搬出去。」

「妳以為我會准妳搬出去嗎？」

「這是為了妳好。」

近似笑聲的嘆息隨著話語吐出，而這是我的肺腑之言。

「再這樣下去，我大概會把妳殺了。」

握在掌心的菜刀柄，完全被我的體溫滲透了。

不是恨，只是純粹的悲傷。我也想要順從天性去愛母親，然則不允許我這麼做的現實壓迫著我的肺。

緊握著菜刀，用力，再用力。

「所以我們最好不要在一起。」

不管看到任何東西，都會做出殺人的想像——電鍋可以拿來敲破頭、菜刀可以刺死人、清潔劑可以毒死人。

而殺害的對象是我，是母親。想要毀掉一切，我害怕被如此激烈的衝動驅使的自己。昨天忍下來了，今天也忍住了，但明天呢？我沒有自信可以永遠忍下去。

母親保持著沉默，或許她不知道該說什麼好，也許是在等我撤回前言。

哪邊都無所謂，因為我的答案已經出來了。

「謝謝妳這些年的照顧。再見！」

「陽彩等一……」

我不待對方回應，決然切斷通話。用力掰開仍握得死緊的右手，沾滿汗水的菜刀柄「噹啷」一聲滑落地板。

回到自己房間，將東西塞進背包裡。生活必要的最基本物品，衣物、日用品、存摺和印章、學校相關文件。

揹起來之後，發現還有空位，我猶豫了一下，走向盥洗室。洗臉台底下有庫存的廁所芳香劑，我拿了一個還沒開封的裝進背包。

打開玄關門，縫裡吹進來的春風濕暖，感覺灰濛濛的。

我一邊走下樓梯，一邊打電話給江永。每走一步，運動鞋底就在地面磨擦一下。響了四聲，傳來江永清朗的嗓音。

『喂喂？怎麼啦？妳居然會打電話給我，嚇我一跳。』

「嗯，有點事！」

『怎麼啦？終於殺了妳媽嗎？』

這句玩笑話讓我忍不住停下腳步，一聲「哈哈」脫口而出，竟沖走了堵塞在管子的沉重情感。**只能笑了**，否則我的**人生就虧大了**。我苦笑思忖著。

「其實我剛查看了自己的學貸帳戶存摺。」

『噢噢，終於看啦！』

「被用掉了。」

我知道江永在另一頭「噗哈」笑出聲來，幸好沒變成凝重的氣氛。

「所以我剛決定離家出走，打算暫時住在網咖或KTV包廂。」

『那不就變成離家少女了嗎？妳媽會不會報警啊？』

「應該不會，因為我跟她說：『如果住在一起，我怕我會殺了她。』」

『真假？太強了，刮目相看。』

也許是設定成擴音，電話那頭傳來江永拍手的聲音。

和她說話，感覺直到剛才都異常快速的心跳，逐漸平緩了下來。我想：這就是**日常，即使發生了那些驚濤駭浪，明天依舊會到來。**

深吸一口氣，乾燥的沙子氣味和汽車廢氣混合在一起。

『妳來我家吧！』

江永輕盈的聲音傳來。

即使知道她看不見我，我還是驚訝地抬起頭。

「什麼意思？」

『來我家住啊！房租算妳三萬就好，妳可以在我這裡待到找到住處為止。』

「真的嗎？」

『真的啊！妳剛好遇到，我覺得一個人寂寞覺得冷的時期。不過，前提是妳不介意住破公寓啦！』

木村的警告在腦中一晃而過，我用手掌按住熱辣辣的後頸。

「那我就去打擾囉！」

『請請請！那我傳地址給妳。』

手機發出一道拙拙的鈴聲，我低頭看螢幕，上面顯示距離這裡三站的町名。留意到住址，發現離打工地點有點遠。

這個察覺讓我悟出，自己打算繼續打工。**根本工作狂嘛！**我在內心自嘲。根深柢固的習慣，讓我無論在哪裡都能夠是我。隨著跨出去的步伐，摻雜著空氣的乾啞笑聲，掉落在地面反彈回來。

「欸，妳家廁所芳香劑用哪一牌？」我問道。

『嗄？這什麼問題？』

「沒關係啦！哪一牌？」

『呃，沒放芳香劑吔！用不著花錢買那種東西吧？』

這答案出乎意料，卻也剛剛好。我將左手繞到身後，輕輕抬起背包底，手心沉甸甸的重量，讓自己鬆了一口氣，這讓我感到完滿無缺。

『那，我帶芳香劑過去，可以放妳家廁所嗎？』

「當然可以。妳要買什麼來嗎？」

『其實是從我家拿過去的。』

「特地拿芳香劑來？」

『背包剛好有空位。』

我想像拆開全新的芳香劑，吸入鼻腔的薄荷香，會告訴我新的日常揭幕了！

打從心底慶幸現在我右手拿的是手機，回想起被汗水浸溼的菜刀柄觸感，我兀自發出痙攣般的笑。

怎麼不剌下去？要忽視在內心一隅如此嚷嚷的自己，似乎有點困難。

02 救贖，或是虛假

【夏】

隔著透明自動門，可以看見一群飛蟲聚集在燈光處。

啪嗤啪嗤！吊在外面的捕蚊燈，不停地傳來生命消逝的聲音。

「之前好像有人客訴。」

堀口一邊補零錢，下巴一邊朝外努。

上超商大夜班的今天，只有堀口和我兩個人。

壁鐘上短針指著2，可能是時段的關係，現下店裡沒有客人。

我們超商人潮最多的時間，是通學通勤時段，一進入半夜，客人就會銳減。應該是因為附近同一家加盟超商比較大，品項也較多，客人被搶走了吧！

「客訴什麼？」

「地上有死蟲。」

「廢話，上面掛著捕蚊燈啊！」

「就是說嘛！我也這麼想。」

我用掃把和畚箕將散落的死蟲掃進垃圾桶。清理屋簷下掉落的蟲屍，也是店員的工作，我們都會在天空露出曙光之前，聽不見啪嗤啪嗤電蟲聲之後再清掃。堀口討厭蟲，因此今天的班無可避免是由我來執行。

「不過，連這種事都有人要客訴呢！」我說。

「感覺真的是關我屁事，明明這時期，不管哪裡都是蟲好嗎？」

客訴的人到底在想什麼？是基於不應該殺蟲的動保觀點，還是潔癖過了頭，無法容忍有髒東西丟著不管？

「這麼說來，妳最近排的班少了一點。」

「因為沒必要打這麼多工了，另一份打工也辭了，只留下這邊。」

「妳六月領多少？」

「十五萬左右，實領更少一點。」

「是喔！就算減少打工還是賺滿多的。妳不累嗎？」

「還好啊！不用像以前那樣做那麼多家事，所以睡眠時間也變長了。」

「最近都沒看到妳喝能量飲料，原來是這個緣故啊！」

被堀口一臉理所當然地指出，我心頭一驚，他的話讓我意識到，自己在不自覺的情況下被別人觀察著。

「妳跟江永同學住在一起多久了？」

「差不多快兩個月了。」

「我不太能想像妳們兩個住一起吔！處得來嗎？」

「還好。」

我是在五月時搬去和江永雅同住，當時揹著一個背包，就這樣投奔江永的住處。江永說：「妳想住多久就住多久。」我也就恭敬不如從命，到現在還賴在她那裡。

「不過真令人意外。」

「哪裡意外？」

「我覺得妳們兩個不像是合得來的樣子。」明亮的褐色瀏海底下，堀口咧嘴笑道：「喏，要說的話，江永同學感覺跟我比較近吧？」

他一交抱起雙臂，身上的舊制服便擠出一堆皺褶，噴在上面的防蟲劑氣味猛地掠過鼻頭，是一種熬煮香草而成、扎入鼻腔的刺激味道。

「比較近？」

「她看起來就吊兒郎當的啊！跟我一樣，有種緊抓著『普通』不放的感覺。怎麼說，像要設法保住跟正常社會的連繫那樣。」

「原來堀口學長都在想這種事嗎？」

「對我來說，大學從一開始就是這樣的地方。」堀口輕佻地咧嘴笑道：「與其說是想要學習而上大學，更重要的是讀大學這件事本身。」

我心中一凜，發現他說的也符合我自己的狀況，但我不想當堀口的同類。

轉頭望向玻璃牆外，瞧見一名戴眼鏡的老人正朝這裡走來。他是常來買菸的常客，個性很差，硬是要講菸的牌子而不報號碼。如果女店員反問，就會吼人，他八成只是在尋找可以遷怒發洩的機會。

我稍微離開櫃台，開始整理比較空的陳列架。不用說出口，堀口也明白我的意思，就像堀口會把打掃工作推給我，我也會把麻煩的客人丟給他對付。我和堀口的權力關係徹底平等，而且最近我才發現，堀口似乎是刻意如此行動。

常客在收銀台和堀口閒聊，斷續傳來的對話，好像是在聊上星期天的賽馬結果。堀口開口大笑，誇張地附和，常客則一臉滿足，付了香菸錢，腳步輕快地離開店裡。

「那個大叔有夠纏人的。」

堀口聳了聳肩，吁了一口氣，他很懂得應付麻煩的客人。

「你們看起來很對盤啊！」

「怎麼可能？我只是擅長配合別人罷了。」

堀口以有些自虐的口吻，調笑著回應。

社會需要的社交能力，指的就是這樣的表現嗎？如果是的話，我覺得自己這輩子都學不來。

「小宮，妳暑假要做什麼？」

「打工。」

七月，即將進入期末考季，要在期末繳交的報告期限也逼近，難免對打工造成影響。不過相較於高中，大學暑假很長，就算在這時期少上一些班，只要在暑假期間多排一點，就能補回來。

「用不著那樣成天打工吧？」

「可是除了打工以外，我也沒什麼想做的事。」

「是喔……？」

堀口嘴唇蠕動著，好似嘴饞了，從時間來看，是差不多想哈一根了。他長及肩膀的頭髮粗糙乾燥，也許是因為反覆漂色的關係。

「堀口學長暑假要怎麼過？」

堀口聞言，豎起小指[3]得意地揚起嘴角。

注3：在日本，豎小指意指「女人」、「女朋友」。

「當然是女人啦！」

好有年代感的手勢。有時他會做出這種過時的動作，不過與其說是習慣，更像是故意拿古早流行來搞笑。

「跟女朋友一起過嗎？」

「不是，我跟女友分了，被甩了。」

「呃，這樣啊！」

「我這人啊，從以前就是會喜歡上心病女。」

堀口以別有深意的口氣說道。

心病女是網路用語，來自「心靈生病」的意思，多半用在形容心理狀況有點問題的人。

「我想也是。」我淡然地回應。

綜合過去一路聽來的閒聊內容，不言可喻，堀口只會喜歡缺乏自我肯定感，且能夠依賴他的女人。他和交往對象有很多驚悚滿點的花絮，像是一提分手就揮菜刀追殺，或是一起旅行突然亂切車子方向盤說要一起死。站在看戲的角度，聽來既刺激又好笑。

和堀口交往的女人，不是早早就發現他有多垃圾而斷腕停損，要不然就是認定只有自己可以理解堀口，整個人陷溺進去。這次的女人好像是前者。

「我對她付出滿多的，居然被甩。她說看不出我有什麼前途。」

「實際上，確實是看不出來。」

「現在我空窗了。小宮，怎麼樣？暑假要不要一起出去玩？」

「不要。」

「妳防守不會太強了嗎？」

「我對那些沒興趣。」

「啊！還是妳喜歡的是女生？」

輕描淡寫的探問，讓我不由得停下手上的工作。

「最好不要問那種問題。」

我撫摸著自己的喉嚨，橫眉豎目地回應。

「為什麼？」

「性傾向是個人隱私，不是可以隨便探問的。萬一我真的喜歡女生，你那句話可能會傷到我。」

「我不懂吔！」堀口像個幼童般微歪著頭，看起來不是挖苦，而是出於純粹的疑問。「是說，會為這種事受傷的人才奇怪吧？是就是，不是就不是，直接回答就好了啊！要是有人問我：『你喜歡男生嗎？』我會直接說：『不是。』」

「學長或許是這樣，但也有人難以回答是不是。」

「妳說難以回答，這我實在不懂。男生喜歡女生，跟男生喜歡男生又沒有差。就算對方說：『是。』我也只會回應一句：『是喔！』就結束了。我好奇的是接下來的交往情史，不管是跟同性還是異性，說真的都不重要啊！」

聽到不同於預期的回答，我反射性地倒抽了一口氣。

可能是議論開關打開了，堀口愈說愈激動。

「我個人呢，認為這個世界的理想，是不管同性戀還是異性戀，都能得到平等的對待！既然這樣，異性間發生的事，同性之間當然也有可能發生。像是告白的結果被惡狠狠地甩了，或是在聯誼得意忘形，被女生亂傳我的壞話。」

「那是學長個人的怨恨吧？」

「不不不，是社會一般狀況。就算這發生在同性之間，也不應該當成特別的現象來看待。就我個人來說，不管是同性戀還是異性戀，可以用一句『這樣喔！』帶過的世界是最好的。說什麼『很沒禮貌。』不是反而很失禮嗎？我認為這個世界應該要變成，被人問：『你喜歡同性嗎？』是很普通的狀況才對，所以我不打算改變自己的言行。」

堀口正氣凜然地如此斷定。

「原來如此。」

我低頭拉扯著制服襯衫的皺褶，輕聲應道。

不管任何情況，堀口的平等論都一以貫之，談論男女時也是如此。他相信所有的人類齊頭式地並排在一起，才是正確的平等。他的論點有時可以贊同，有時教人蹙眉，覺得過於粗暴，而他的主張總是忽略個人和環境差異。

我嘆了一口氣，用運動鞋底磨擦乾燥的地板，發出「啾」的聲響。

「如果所有的人都跟學長一樣，回答的人也不會遲疑吧！只不過現實可不是這樣，每個人過去都被不小心傷害過太多次，才會變得自我防衛。確實，理想中這樣的社會應該要被改善，但是否也不能忘記，有些人的防備心重是出於迫不得已？」

「小宮的意見很那個吔……表面上聽起來冠冕堂皇，但說穿了，其實就是在要求永遠維持現狀。」

「再說，又不是每個人都想跟別人聊自己的戀愛，也是有人被別人過問戀愛狀況會覺得不舒服。堀口學長應該不知道什麼叫性騷擾吧！」

「咦？我什麼時候性騷擾了？」

「學長平常的言行，就是所謂的踩線了好嗎？你難到沒學過『己所不欲，勿施於人』嗎？」

「我超討厭這句話的，因為絕大多數的事我都不討厭。就是自己不討厭，才會不自覺地對別人做啊！所以如果要糾正我，拜託直接說：『我不喜歡這樣，不要這樣。』叫我讀心什麼的，不可能啦！」

堀口搧風似地擺動著瘦巴巴的手。

我覺得這主張很粗暴，但或許十年以後，堀口的意見反而才是世界標準。

自以為善體人意而採取的行動，極有可能在將來被批評為歧視。這世界的「正確性」隨時都在變化更新，適合當代的觀念，看在未來人的眼中，多半都是野蠻的。

「那，結果小宮喜歡男生還是女生？」

堀口長長的指甲前端刮著櫃台表面，再次探問。

玻璃牆外的飛蟲，讓捕蚊燈繼續發出激烈的劈啪聲，落地死去。

「都不喜歡。」

「咦──！唔，也是有這樣的人生吧！反正這世界又不是只有戀愛。」

「學長居然會說出這種話，真意外。」我忍不住抬頭看他。

「我不是喜歡戀愛，是喜歡做愛。」堀口掀起唇角笑道。

低俗的話讓我再次將視線挪回商品架上，對他刮目相看的自己真是白痴。

「小宮，下班後來一炮怎麼樣？」

「就說那是性騷擾了。」

「蛤？哪裡是了？」堀口假惺惺地眨眼。

我重重地嘆氣，內心詛咒著堀口回家小趾頭踹到櫃角。

＊＊＊

江永家位在車站走路十二分鐘的地方，屋齡二十八年的公寓，是鋼筋水泥建築。三層樓高，沒有自動鎖和電梯，二房附餐廚，約十四坪大，房租約六萬圓。垃圾場有點遠算是缺點，除此之外，大致上相當舒適。

我盡力不發出腳步聲走上樓梯，免得吵到鄰居。

現在時間是早上六點，許多人都還在夢鄉裡。我們住的那一戶是三樓北邊的邊間，沒有掛出門牌，信箱裡塞了資源回收的傳單。

從包包裡取出鑰匙夾，將備份鑰匙插進鎖孔，門把右轉開門，屋內傳出應該是深夜播放的搞笑節目聲音。

「啊哈哈——！」

我聽見江永無憂無慮的歡笑聲，看來她今天也是看錄起來的搞笑節目，就這樣過了一天吧！

我穿過短門簾，將超商購物袋放到地上。

「我回來了。」

「妳回來了。」

坐在暖桌裡的江永轉頭看我。

都已經邁入七月了，江永卻只因為腳冷，不肯將暖桌收起來。桌面上擺著筆電，畫面是開啟的ＷＯＲＤ檔案，周圍散落著參考文獻書籍，還有兩罐已打開的葡萄柚口味Chu-hai[4]。

光是看到這些，我就對江永身陷的困境瞭若指掌。

「報告還沒寫完？」

「還沒，大概三成。」

「只剩下三成？」

「不，只寫了三成。」

我悶聲笑了一下，在暖桌前盤腿而坐。

注4：Chu-hai（チューハイ），是燒酎Highball的略稱，使用燒酎或Vodka等蒸餾酒，和果汁或碳酸水調和而成。

「要吃晚飯嗎？」

「已經是早飯了吧！要。」

我從袋子裡取出三明治，其中一個放到江永前面。雞蛋火腿萵苣口味，純粹是我自己喜歡。

江永打了個大哈欠，吐出來的氣息充滿酒臭味，她撕開三明治的包裝。

「寫報告幹麼喝酒？」

「想要逃避沒進度的現實。」

「所以才會沒進展啊！」

「我不要聽實話。」江永摀住雙耳，發出無起伏「啊──」的大叫聲。

江永總是宣稱她不喜歡喝酒，但一遇到討厭的事，動不動就藉酒逃避。

我起身替醉紅了臉的她，從冰箱拿來裝冰水的瓶子，倒進杯裡，擺到她前面。不是礦泉水這種時髦玩意兒，只是冰涼的自來水。

江永瞥了我一眼，接著賊賊地咧開嘴角。

「宮田，妳會把人變成廢人呢！」

「什麼？」

「跟妳在一起，就會覺得不安。」

「怎麼會？」

「因為妳太好了，會讓人想試試看，到底要做到什麼地步妳才會生氣，讓人失去底線？妳是妖怪，妖怪廢人製造機。」

「妳說壞話的品味，會不會太特別了一點？」

再說，「好」這個詞，是最不適合用來形容我的詞彙。我只是照著根深柢固的習慣在行動罷了，其中沒有任何感情。

「江永，妳醉了吧？」

「嗄？我才沒醉。」

「快去睡吧！我也要去沖澡睡覺了。」

「不行不行，睡下去就趕不上期限了。」

「報告什麼時候要交？」

「今天下午五點前。」

噗！我忍不住笑出來。難怪她會熬夜。

江永揉著眼睛，右手捏扁塑膠包裝，丟進垃圾桶後，大大地打了個哈欠，擠出來的一滴眼淚順著臉頰滑下來。

「跟我聊天，要不然我會睡著。」

「我才不要。剛下大夜，我睏死了。」

「哎唷，不要這麼冷血啦！三十分鐘就好。」

被這樣懇求，我老大不情願地重新坐回座墊，工整地撕開三明治包裝，取出其中一個，一口咬下去。乾掉的麵包黏在上顎，我隱藏內心的焦急，設法用舌頭摳下來。

狹小的飯廳充滿了江永的香水味，比芳香劑更要甜膩、人工。摻雜其中的她的汗味讓我皺眉，室內冷氣設定二十四度，暖桌卻調到最高溫；以這種狀態一直關在房間裡，難怪會流汗。

「江永，妳錢沒問題嗎？」

「錢？」

「想說比起妳以前的工作，超商打工收入不是少很多嗎？」

「當然是比較少啊！可是還有妳給我的朋友費。」

她說的朋友費，是我當成房租付給她的四萬圓。她本來說三萬圓，我自己加碼到四萬圓給她。以前住家裡時，每個月得拿出八萬圓回家，因此兩相比較，生活輕鬆了許多。

「我絕對不會再上網接客人了，而且我也不討厭超商打工。」

「是喔？」

「確實，賣春是賺很快。然而，有時也會遇到客人給妳七折八扣的，或把妳當狗屎一樣作賤，也有找不到客人的時候。每天都要衡量金錢和風險過活，精神上實在很折磨。」

江永喝光罐裡剩下的Chu-hai，臉上的紅暈更濃了。

「像藝人啊，只要鬧出醜聞，網路新聞底下的留言，馬上就會罵成一片。要是鬧出醜聞的是女偶像還是女演員，立刻就會有人罵：『等妳演AV。』『快點脫了吧！』相反的，要是男偶像，我還沒看過有人被那樣留言。」

江永到底在說什麼？感覺話題太跳躍了，又好像還好。

江永不理會納悶的我，傻笑著繼續說下去。

「那些人是覺得女人脫光是一種懲罰？以為演AV就沒有工作尊嚴？」

江永說的話，該同意、該共鳴到什麼地步才好？我不知道，我從來沒做過那類工作，也幾乎不明白江永實際上遭到什麼樣的對待。我所想到的話，說穿了，都是置身事外的冠冕說詞。

「我覺得如果是一個成人願意扛起風險，主動選擇去做的工作，就應該受到尊重。問題是，這世上有些人明明不願意，卻被迫去做這種工作。尤其是小孩子，真是可惡至極！她們根本不明白自己被逼著做了什麼？」

「妳以前也是那樣嗎？」

「是啊！真他媽的爛！搞不清楚自己被做了什麼，傷害了將來的自己。」

江永抬頭望天，搖晃肩膀哈哈大笑。

「我第一個上床的對象，就是我爸，我的親生爸爸。在我小六時。」

我驀然停住正伸向保特瓶蓋的手，由於驚嚇過度，瓶子裡的水都潑灑出來。運動飲料的柑橘香滲進暖桌的蓋被裡，我連忙抽取面紙擦拭蓋被表面。

江永托著腮幫子，看著手忙腳亂的我，她的眼神十分平靜。這件事令我駭然，要是她咆哮大怒，我還可以在一旁應和。

江永告訴我的過去，都已經被她親手處理過了。當時她感受到的種種狂暴混亂的情感，也應該都被切除得一乾二淨。

「欸，妳果然喝醉了啦！」

「我沒醉、我沒醉，只是想說給妳聽。」

「說妳垃圾父母的事？」

「沒錯！真的是垃圾人渣！」

江永拍打雙手，愉快地放聲大笑。她果然醉了，我確信。

「我一直瞞著媽媽我跟我爸的事，因為害怕萬一被媽媽討厭，會被她拋棄，那我就完了。可是有一天，我跟我爸在做時，被媽媽撞見了。結果媽媽掄起椅子砸向那傢伙的頭，兩個人真的爆打起來，那傢伙被打得頭破血流。我跟媽媽手牽著手，就這樣跑了，就我們兩個。」

會用「媽媽」稱呼母親，證明江永已經醉到失去理性。被晾在一旁的筆電，傳出隱隱約約的運作聲。

「我很怕，擔心萬一被報警了該怎麼辦？可是那傢伙並沒有報警呢！大概是怕強暴自己女兒的事曝了光，就慘了吧！」

我想像母女兩人手牽手在夜晚逃跑的身影，路燈下拉得老長的纖細影子、迴響的腳步聲。那天櫻花正在凋謝嗎？或是下著雪？情景細節資訊不足。我並不認為有必要知道那些，不管這件事發生在雨天還是晴天，都與我無關。

「就算要跟媽媽一起活下去，也沒有錢，因此媽媽叫我做各種事。現在回想起來，媽媽內心或許是恨我的吧！」

「可是她還是保護了妳，不是嗎？她一定是很生氣，至少氣到拿椅子砸那個人。」

「我不知道那算不算是為了保護我，因為她的想法經常亂七八糟、莫名其妙。媽媽常常會積壓很多，然後一口氣爆炸……每次我都要靜靜地等待暴風雨過去，對她好聲好氣。媽媽相信我愛著她，所以才會安慰她。其實我只是因為如果不討好支配者，就無法活下去罷了。媽媽真是傻，蠢到不行。」

蠢……。我呆呆地重複這個字，覺得完全適用於自己母親身上。

「我花了好久才發現，就算離開媽媽自己也有辦法活下去。這表示我也一樣蠢呢！我試著告訴自己，我很厲害，所以能賺到比同齡的孩子更多的錢，有辦法養活媽媽。我瞧不起那些無憂無慮的孩子們，因為要是不這麼想，根本撐不下去。」

江永把額頭抵在暖桌桌板上，呻吟地陳述著，金髮之間露出她白皙的耳廓，上面開了好幾個耳洞。

「要是被說成『**根本是自己想做的吧！**』那也就這樣了，但我應該好好反駁回去『少說得那麼簡單！』媽媽把我從那個人渣爛狗手裡救出來，那時感受到的恩情，把我束縛了好久好久……不，或許還是進行式，到現在我還是被媽媽支配著。」

「妳現在不是過著不同的生活嗎？上了大學，也在超商工作。」

「這些說穿了，都是要做給媽媽看的，並非我自己想做的，我只是在做媽媽討厭的事。我好想，太想殺了以前的自己，所以才會追求和父母交代完全相反的事。我根本沒有自我啊！好空虛，不管做什麼都得不到滿足。」

江永的頭抵在桌板上，朝我這裡瞥了過來，鑲著濃密睫毛的杏眼，被一層薄薄的水膜覆蓋著。

「欸，妳可以跟我做嗎？」

她唇間吐出的氣息帶著濃重的濕氣，凌亂的瀏海貼在額頭上。

我關上保特瓶瓶蓋，將吃完的三明治包裝丟進垃圾桶。嘆息無意識地溜出嘴角，我用手抹了抹緊繃的臉頰。

「我之前也說過了，我沒辦法。」

我留意著別讓口氣顯得過於冷漠。

前前後後，這個問題江永已經問了不下十幾次，每次只要她喝醉，就會重複相同的探問。

「再說，妳有辦法上我嗎？」

「當然，我男女通吃。」

「騙人，妳不是說其實妳討厭做愛？」

「討厭是討厭啦！只是但不做愛就活不下去，我性愛成癮嘛！就類似討厭抽菸的癮君子一樣。」

「莫名其妙。」

「我是說真的啦！真的不行嗎？」

「不行！不論是男是女，我從未有任何戀愛感情，性行為太噁心了。」

我按住自己單薄的胸部，隔著BRATOP，感覺到心臟平緩的跳動聲。

從以前我就對戀愛有種骯髒的印象。在國小國中時期，潔身自愛應該才是對的，然則一變成大人，戀愛就突然成了天經地義的事。就跟糾正學生不准化妝的大人，卻反過來說什麼化妝是社會人士應有的禮節。

常識的變化，比翻臉還要快。原本被認可是對的自己，不知不覺間在社會竟成了錯誤的存在。

每當在電視上看到男女的裸體，我就想別開目光；小說或漫畫裡出現性愛場面，也覺得倒胃；電影最後一幕安排深吻，更教人倒彈三尺。我完全沒辦法將這些視為浪漫美好的事物。

不是說我厭惡自己身為女人，只是就如同有人對同性或異性抱有戀愛情感，也有人對任何性別都無法萌生這種情愫。

我無法做一個普通人，儘管多元社會應該要接納，各種樣貌都是普通的，一旦論及到自身，對「普通」的認定便頓時變得嚴格萬分。

明明別人如果和我一樣，擁有相同的煩惱，我能輕易地說出要他們不必在乎這種事。疏離感在我的內心挖出了一個大洞，明明討厭孤獨，但不管怎樣，我都不想和任何人做愛。

重回腦中的芳香劑廉價香氣，以及滲透在大腦內側的過往陰影，時至今日仍束縛著我自己。

「性行為是從哪裡開始算起？牽手算嗎？」

江永一邊提問，一邊紅著臉隨意伸出手來。

她呼出的酒臭讓我蹙眉，卻還是怯怯地回握她的手。隔著皮膚，感受到江永柔軟的手，以及比自己稍高的體溫。意識到這些的瞬間，我感覺有東西從食道逆流而上，當察覺到時，已經「嘔噁」乾嘔了起來。

「好噁心。」

「哎呀！不行嗎？」

江永倏地放開我的手，表情像是受傷，卻也像是鬆了口氣。

「牽手連性行為都算不上吧！接吻還可以理解。」

「我大概對人的體溫不行。」

「無關異性或同性？」

「對，我對人不行。」

聽到我的話，江永誇張地「啊哈哈」捧腹大笑。也許是睡意湧了上來，她的眼皮從剛才就緩慢地上下眨動。

「妳這種地方我還滿喜歡的，這表示妳把我當人看。」

「每個人都把妳當人看吧？」

「才不是呢！他們都把我當女人。我自己也是，只能把自己當女人。」

「我不覺得這有什麼不行。」

「就是啊！不是不行。」

卸妝後的江永，那張臉比平常更童稚一些，現下焦點渙散的眼眸，在睫毛底下微微顫動著。

「腦袋明白不是不行，可是為什麼就是活得這麼苦呢？」

江永說完，將臉頰搵在手臂上，緊緊地閉上眼睛，就這樣一動不動了。我輕搖她的肩膀，得到的是睡著的均勻呼吸聲，我忍不住重重地嘆了一口氣。

嘴上說著討厭這樣，江永卻無法停止迫害自己。她是個不幸的女人，即使肉體長成了大人，仍是個可憐的孩子。

我在她的肩上蓋上毯子，關掉暖爐開關。就算要趕報告，先睡一覺，等酒醒之後，比較寫得下去吧！

我脫掉沾滿汗臭味的襯衫，在衛浴間草草沖了個澡。狹小的空間裡充滿了洗髮精的香味，像洗狗那樣胡亂搓洗自己的頭髮，汗味逐漸被洗掉。白色的泡沫被吸入排水口，腳底感覺到稍涼的熱水溫度。

我喜歡淋浴，卻討厭赤身裸體，我用浸濕的手撫摸自己的身體輪廓——腰際突出的骨頭，單薄的腹部，幾乎沒肌肉的上臂，平坦的胸部。說難聽是窮酸，說好聽是纖細。

如果我是男人，絕對不會喜歡上這種女人；雖然我是女人，也一樣沒辦法喜歡。若這是別人的身體，我覺得自己可以欣賞它，會認為十分美麗。只因為內容物是我，連容器看起來都變醜了。

我若有受到關愛的經驗，是否就有辦法停止像這樣攻擊自己呢？小時候錯過的自我肯定感，要怎麼樣才有辦法得到？自信的匱乏化成一堵巨大的障壁，過剩地將我從世界排除。

洗好身體，拿起架上的毛巾，將臉埋進用加了柔軟劑的洗衣精洗過的毛巾，登時花香味滲進肺裡。這是江永衣服的香氣，也是現在我衣服的香味。

換上運動服，大致吹乾了頭髮，就這樣躺進自己的被窩。幾個月前還是江永男友睡的房間，現在成了我的臥房。

我知道就算躺在床上也睡不著，因此試著反芻一天發生的事，自然就想到江永身上去了。對於一個迷失在自我過去的醉鬼，我該對她說什麼才好？

不用在意。……妳以為妳是誰啊？

只要活著，總是會遇到好事的。……我最痛恨這種話了。

腦中擠出來的鼓勵，全被自己當場駁回。我很不會說積極正向的話，因為自己本身就很討厭這些。我最厭惡的正向金句第一名，就是「沒有下不停的雨」，那是一副自以為灑脫的金句。

或許十年以後，得到幸福的我會這麼說：「**就是因為那時我咬牙撐下來，才會有今天的自己。活著真是太好了！**」

然而，即使十年後有無法想像的幸福在等著我，現在的自己一樣還是不想活。或許沒有下不停的雨，只是承受不住豪雨，淹死在路邊的話，也不可能等到放晴的那天。**那種充滿了生存者偏差的鬼話，去跟我以外的別人說吧！**……我忍不住乖僻地這麼想。

說穿了，我這種人根本沒辦法鼓勵別人吧？因為我一直瞧不起身邊的人，也從未受過關愛他人的訓練。我太無知了，什麼都不懂。

什麼叫正常人呢？正常的人生究竟是怎樣的？動搖的自我認同，把我推向不安的汪洋。

和母親在一起時，只需要處理掉每一天的雜務就沒事了。每當視野擴展一些，思考就讓人更痛苦一些。

我發現全身的感覺開始稀薄，心想差不多可以睡了。深深吸了一口氣，聞到了舊榻榻米的味道，而擺在枕邊的芳香劑氣味，像是鑽進被子的縫隙裡，明顯濃厚的人工薄荷香，讓我安神鎮定。

＊＊＊

結果江永的報告趕上了。

中午過後醒來的她，花了四小時完成報告，傳到教授的信箱。

「只要我想做，沒什麼難得倒我。」她得意地說。

正確地說，是等到火燒屁股，才決定動起來吧！

這天我去大學參加課堂考試。

大學的考試有幾種，一種是考試期間進行，還有課堂期間進行的。我不知道兩者差別在哪裡，大概反映了教授的意向吧！

中文考試禁止帶參考用書，我只能運用隱約記得的單字和文法，平淡地將問題翻譯成母語。我連母語都毫無把握，英文當然也不會使用，中文更是不懂，沒想到竟然能通過考試。

鈴聲響起，交出答案卷後，我直接出去走廊，稍微伸了個懶腰。由於是最後一週上課，平時蹺課的學生會為了學分跑來上課，所以人比平常還要多。

「喂。」

忽然有人從背後拍我肩膀，我反射性地拂掉那隻手，回頭一看，發現考完試的木村站在正後方。

「什麼事？」

「有點事想問妳。」

木村看似內疚地垂下頭說道。

隔著透明的鏡片，我看見她單薄的單眼皮在顫抖，黑色短髮筆直毫無捲度。

「問我什麼？」

是江永的事嗎？之前木村也警告過我好幾次，叫我要小心江永，她應該萬萬料想不到我現在和江永住在一起。

「那個，要怎樣才能打工？」

木村搓著手，吶吶地問道。

「什麼？」

聽到的問題出乎意料，我忍不住反問。

其實是個很普通的問題……只除了從木村的口中說出來以外。

「妳不是嫌賺錢下賤嗎？」

我搬出木村以前說過的話。

「那時候我只是覺得，重視賺錢更勝於求學的態度，十分不可取。」

她露骨地擺著臭臉回答。

「不過，為什麼找我問這個？」

「因為宮田同學感覺很熟悉打工的事。」

「並沒有啊！」

「妳在打工吧？打工要怎麼找呢？」

「呃，這年頭要找打工很容易吧！上網找就有了啊！」

「上網？上網又看不出對方的底細，太可怕了。有可能是血汗職缺，風險也很大。而且網路怎麼能信任呢？感覺會受騙。」

聽木村說得這麼振振有詞，我大大地嘆了一口氣。應該當她是小心謹慎？還是不知世事？

「那，妳要去我打工的地方面試看看嗎？」

「可以嗎？」

「沒什麼不可以，要不要去哪裡面試，那是個人的自由。」

這年頭每一家超商都人手不足，不過疾呼改善勞動環境的時勢，與二十四小時營業的體制扞格不入。店長夾在總部和員工之間，總是操煩到胃痛。

「我打工的地方是這裡，不過江永也在那裡打工喔！」

我說著，把超商的介紹網頁用訊息傳過去。

聽到江永這名字，木村皺了一下眉頭。

「也顧不了這麼多了。」

「如果妳那麼討厭她，可以去別家超商。」

「我不想在沒有半個認識的人的地方工作。」

「妳不是有朋友嗎？請妳朋友介紹就好啦！」

「我……沒有朋友。」木村說完，輕咬下唇，白皙的臉頰染上淡淡的紅。「否則我才不會特地來跟妳拜託這種事。」

對她來說，沒朋友或許是件羞恥的事。

「說的也是。」

我和木村並沒有特別親，因此木村的請求，我可以完全不予理會。只是現在的我內心有了一點餘裕，能回應他人的請託。

我俯視尷尬垂著頭的木村，在心中揣想：她怎麼會突然想要打工？

直接說結果吧！

後來木村立刻被錄取，由於是新人，需要受訓，暫且由店長帶她。

「聽說，那個新人是小宮妳介紹的？」

星期二深夜，堀口對著一如往常站收銀的我詭笑。

今天他的頭髮也許是濕氣的關係，翹得比平常更厲害。

「你們上同樣的班嗎？」我問。

「星期天早上的班一起。」

玻璃牆外下著豪雨，這個時段的客人本來就很少，遇上這種天氣，更不會有顧客上門。

我靠在收銀台上，仰望堀口的臉，店內的音樂聲幾乎快被雨聲給蓋過。

「她表現怎麼樣？」

「唔，看上去乖乖的，是個普通女生。打招呼沒聲音，學得也很慢。」

「她說這是她第一次打工，也算是沒辦法的事吧！」

「是啦……堀口頓了一下，撫摸自己的下巴，雙眼打趣似地咕溜咕溜轉。「木村水寶石同學家裡好像滿有錢的，根本不用在這種地方打工啊！」

「水寶石？」

「她的名字啊！妳們是朋友，妳居然不知道她叫什麼？」

「我們根本沒有好到算朋友。」

木村水寶石，這就是她想要隱瞞的祕密嗎？確實，比起水寶石，感覺她比較適合「郁美」、「櫻」這類和風的名字，但也不到需要隱瞞的地步。

「學長叫她木村同學喔？」

一被我指出，堀口吐著舌頭靈巧地笑了，淚袋微微隆起，眼睛彎成弧狀。

「那女生感覺超雷的，絕對雷到爆。」

「我還以為只要是女的，學長都不挑。」

「喂喂喂，妳把我當什麼了？」

堀口裝模作樣地嘟著嘴。

我懶得敷衍他，強勢延續話題。

「學長說木村同學哪裡雷？」

「聽說，她住在大學附近的高級公寓，家裡每個月幫她付十二萬圓的房租，還給她十五萬圓的生活費。」

「確實不需要打工呢！」

「就說吧？」

「學長居然能問出這些，你的套話能力教人甘拜下風。」

木村看起來是個戒心極重的人，她會只因為一起當班，就輕易把個人資訊透露給初次見面的男生嗎？事實上，我對木村幾乎一無所知。

接收到我的視線，堀口搔了幾下細皮嫩肉的手背。修長的手指、修長的指甲，這是他全身上下不健康的外貌當中，唯一美麗的部位。

「小宮不是也會跟我說很多嗎？就跟那個一樣啦！」

「我並沒有向學長敞開心房。」

「人會向別人訴說自己，理由不光是有沒有敞開心房吧？」

堀口微張的唇間露出黑黃的門牙，剛漂過的金髮顏色太亮了，我覺得不適合他。如果問我什麼顏色適合，我一定答不出來，因為任何顏色一到堀口身上，瞬間就會變醜。

不管待在哪裡，他都與這個世界總是格格不入。

「對於不放在眼裡的對象，每個人都會管不住嘴巴。而我呢，特別擅長讓別人瞧不起。」

「這能叫擅長嗎？」

「讓人小看，意外地困難好嗎？」堀口一臉輕浮地嘿嘿說道。

自以為將世界玩弄於股掌間的淺薄傢伙。我腦中忽地閃過這樣的形容。

「總之回到正題，我很好奇木村同學為什麼會開始打工？」

「那學長問出來了嗎？」

「是啊！婉轉地打聽出來了。那女生在迷那個……」

堀口說到這裡頓住，像是在賣關子。

「哪個？」我配合他的猴戲追問。

酒？菸？賭博？男人？腦海中浮現的候補，每一個都符合堀口。

堀口環顧無人的店內一圈後，壓低了音量。

「宗教。」

意料之外的答案讓我瞪圓了眼眸，從堀口那揶揄的表情，我也立刻看出事情並沒有那麼單純。

「是指新興宗教嗎？」

「沒錯沒錯，而且好像非常迷喔！」

「學長怎麼知道的？」

「哦……就被傳教了。」

這麼說來，剛進大學時，校方就有發傳單，呼籲學生小心。

——自稱社團的組織當中，有一些可能被宗教組織或政治活動家、犯罪集團所滲透，要學生提高警覺。

傳單上如此寫著，當時我覺得社團跟我沒關係，便完全沒留意。

「她說，如果我對人生有煩惱，她認識可以解惑的老師。還說如果她介紹的話，第一次可以免費。」

「怎麼會聊到那裡去？」

「木村同學看起來很想聊那種事，於是我就不著痕跡地滿足她一下，結果很開心地打開了話匣子。她看起來戒心很重，可是輕易就會相信別人呢！如果我是詐騙師，早就把她生吞活剝了。」

「你撒謊套她話？」

「才沒有撒謊啦！只是把我可憐的過往，加油添醋一番告訴她而已。」

「這就叫撒謊。」

難道堀口過去對我說的也都是謊言？一想到這裡，感覺心窩好似一陣冷風吹過。那是一種發毛的感覺，是被向來瞧不起的傢伙反將一軍的難堪。

我不想在堀口身上感受到威脅，希望他永遠是社會底層，比我還卑微的存在。這麼想的我，真是不折不扣的人渣。

我刻意眨了眨眼，就像要徹底隱藏自嘲，感覺緊繃的臉頰徐徐放鬆下來。

「回到正題，木村說要介紹老師讓你諮詢，那不一定是宗教啊！」

「哦！不是，我問她那個老師叫什麼大名？因為她說老師在某個圈子很有名，我就問叫什麼？結果啊、結果啊……」

堀口一副忍俊不禁的模樣，痙攣似地高聲大笑起來。他好幾次試圖繼續說下去，卻又被湧上來的笑意給打斷。

只見堀口捧腹拭淚，發出「噫噫」的尖笑，上氣不接下氣地揭曉答案。

「她說叫宇宙大師。」

「宇宙？」

「漢字是宇宙，不過讀音是cosmo。大師好像聽得到上帝的聲音。有沒有很誇張？這年頭還有人會被這種東西拐去？」

嘎哈哈哈！笑得更加放肆的堀口，看起來他打從心底樂在其中。

堀口面對我的時候，向來毫不隱瞞他瞧不起人的態度，然則在木村面前，肯定是正經八百地認真應和她的話吧！

「聽到學長的話，我有些懂了。」

「懂什麼？」

「一年級時，我還會看到木村同學跟其他女生在一起，最近的她都獨來獨往。大概是因為傳教的關係，害她沒有朋友了。」

「同系的學生都在傳這件事，不過小宮因為是邊緣人，所以都不知道？」

「唔，我也不是邊緣人，只是沒朋友而已。」

「妳不是有江永同學嗎？」

「江永在系上也是異類。」

「所以妳們兩個都不熟悉校園八卦啊？真可憐。」

不熟悉校園八卦哪裡可憐了？

堀口的感性和我相差十萬八千里，我經常想把他的話視為無法理解，直接拋開，但搞不好他的思考才貼近一般大學生。

我不懂所謂的「普通」。

「木村同學好像是為了宇宙大師才開始打工。」

「宇宙大師會收錢對嗎？」

「好像是。啊！要是我是 YouTuber 就好了，就能帶著攝影機去突擊。」

「現在開始當 YouTuber 也來得及啊！」

「不不不不，惡搞宗教人士是很危險的，我可不想亂碰那種危險題材。」

這時，堀口望向自動門，我也看見一把黑色尼龍傘在玻璃門外靠近了。幾乎隱沒在夜黑中的那把傘，看起來就像巨大的蝙蝠。

男子在店前收起大傘，硬塞進傘桶裡，瞬間傘張大到幾乎要撐破，但很快就配合傘筒變形為細長狀。看著那蜷曲的背，我總算認出是常來買菸的常客。

只見他穿過自動門，筆直走到堀口的櫃台前。

「雨下得有夠大的。」

眼角餘光瞟向滿臉愉悅開口說話的男子，我無所事事地互換交抱的雙臂。

堀口以前說過令人左耳進右耳出的話：「我擅長配合別人。」此刻卻不知為何帶著苦澀，唐突地浮現在腦中。

＊＊＊

『我有事想跟妳討論。』

大學期末考結束，進入暑假的隔天，我接到木村的電話，好像是想討論打工的事，還指定要我去她租的公寓。

「幹麼不拒絕？」江永坐在懶骨頭上反問。

我答應了。平常的話，我絕對會拒絕，不過堀口在打工時的大笑聲縈繞在腦中，怎麼也甩不開；總而言之，我實在好奇到不行。

然後到了當天。

木村住的公寓，就如同先前來自堀口的資訊，比一般學生的租屋處高級許多。

首先，每一戶間隔都離很遠，是自動鎖，甚至還有門廳。過來之前我用手機查了一下，每一戶都是一房二廳，房租加上管理費每個月十二萬圓，租客限女性，網路評論說有許多獨居的粉領族。

走出電梯，按下三〇四號的門鈴後發現，樓層角落也設有監視器，保全很完善。

「歡迎光臨。」木村說。

開門的瞬間，一股濃烈的線香味撲鼻而來，是木村平時身上的味道再濃縮好幾倍的香氣。原來不是以線香為概念的髮香或香水，好像是真的在房間裡焚香的氣味。

我無法掩飾驚訝，當下僵了好半晌。

穿上拖鞋來到玄關的木村，一如往常身穿T恤配牛仔褲的簡單服飾，和我一樣，十分樸素。木村看起來是那種完全不喜歡飾品的女生，手腕上卻一直戴著玻璃手環，從第一次與她交談那時開始，左腕上的飾品就沒有變過。

「打擾了。」

「請進。」

木村踩著軟綿綿的室內拖鞋，領著我經過短廊，進入客廳。她一打開拉門，映入眼簾的色彩，讓我瞬間整個傻眼。

粉紅色、粉紅色、粉紅色，眼中所見幾乎全部的家具，都使用了亮度不同的粉色，像是鑲滿滾邊的窗簾、軟綿綿的地毯、窗邊擺著手工拼布娃娃。深櫻桃色的書架上塞滿了青年漫畫，明顯與房間的氛圍徹底格格不入。就連身為房間主人的木村，看起來都像個異物般浮出這個空間。

「這房間，是妳的品味嗎？」

「怎麼可能？」木村一口否定，聳了聳肩，接著她催促道：「快坐吧！」

我在二人座沙發淺淺地坐下，木村走進廚房吧台後面翻冰箱。我拉長上半身偷看，從木村身旁瞥見冰箱裡塞滿的保鮮盒。

「有好多熟食喔！」

「是我媽做的，每星期她都會來這裡幫我煮飯。就算我沒拜託，她也會自己幫我打掃洗衣服。」

「她住這附近嗎？」

「才不是，她每週搭飛機從九州過來。」

木村說著，向我遞出深藍色的瓶裝水，中央只印著一個銀色的圓，設計極為時尚，連品牌名稱都沒有。

木村在我旁邊坐下來，把一個籃子放到桌上，裡面是單獨包裝的點心。籃子裡鋪著花紋白色蕾絲，提把部分包著櫻花色的緞帶。

木村微微抬了一下眼鏡，下巴朝籃子輕努了一下。

「愛吃什麼自己挑，這也是我媽買的九州名產。」

「每星期坐飛機來，交通費不是很驚人嗎？」

「不關我的事，是我媽自己要來的。她真的管太多了。」

也許是打從心底感到厭煩，木村的眉頭擠出深紋。

在我看來，完全就是個驕縱過度的小孩。有這麼照顧自己的母親，居然還不知感恩？內心不以為然地嘲諷。她對自己蒙受的恩惠毫無自覺。

「家具也全是我媽挑的。我就是想離開我媽，才會挑選可以一個人搬出來住的大學。她從以前就這樣，把我管得死死的。」

「妳有其他兄弟姊妹嗎？」

「沒有，我是獨生女，所以我媽的生活重心全在我身上。她每次都會問：『有沒有好好吃飯？』『錢夠不夠用？』」

「妳媽超好的啊！」

「妳真的這麼想？我好希望自己的母親是放任主義。她真的很煩啦！」

「這樣說妳媽，是不是太可憐了？家裡不是也給妳生活費？」

「父母給小孩生活費，這不是天經地義的事嗎？」

看來木村和堀口觀念相同。想到這裡，我忍不住嘆氣。身在福中不知福。

木村噘起了嘴，不曉得是不是沒有獲得支持，讓她感到不滿。

「有出錢，就有權利干涉女兒的人生嗎？」

「那妳幹麼不自食其力？」

「問題沒那麼簡單好嗎？妳可能不懂啦！」

「喔……」

用別人的錢租房子、用別人的錢吃飯、住在有人幫忙打掃的家裡，而木村卻說討厭受人干涉。這種想法讓人無法理解，聽木村說話，我實在很想咂嘴代替應聲。

這個住處是個柔軟的牢籠，是由母親的愛構成的，為了保護裡面的人免受傷害的牢籠。只要待在這裡，木村便可無憂無慮。

她卻想要繼續享有母親給予的恩惠，同時獲得自由？我覺得這認知實在太自私了。木村的母親也是為她著想，才會為她做這麼多吧？

「那，妳到底要跟我討論什麼？」

「說到這件事……」

木村把自己的手機放到桌上，沒有手機殼，是裸機。

「這是幹麼？」

「我媽等下會打電話來，我想請妳接電話。」

「什麼？」

這出乎意料的要求，讓我從喉間發出了低吼。

房間角落焚燒的線香，煙霧隨著香氣輕柔地彌漫在房間裡。與童話風格房間衝突的神祕香味，構成木村的一切，全是那麼地不協調。

「什麼叫接電話？」

「我媽超愛操心的，她每兩小時就會打一次電話來，只要一次連絡不上，就會恐慌。然後，最近我不是開始打工嗎？每次我都騙她說是跟朋友去玩，可是這理由也漸漸撐不下去了。」

「幹麼不說真話？就說妳在打工啊！」

「要是被她發現，她會生氣的。」

木村理直氣壯地反駁，我的腦中卻塞滿了問號。自己賺錢，憑什麼要為此挨罵？

「要是妳可以幫我跟她說我都跟妳在一起，我媽應該就會相信。」

「我哪有跟妳在一起啊？」

「配合一下嘛！喏，我不是給妳看講義了嗎？現在就是妳報恩的機會。」

照這個邏輯，我介紹她打工時，就已經兩不相欠了吧？

應該是我的不服氣寫在臉上了，木村在我面前磨擦雙手膜拜。

「求求妳。」她難得低聲下氣地請求。

「我媽完全不相任我，還懷疑我交了男朋友。再這樣下去，搞不好她會報警。」

「太誇張了吧？」

「真的啦！之前有一次就是這樣。我不小心睡著忘記回訊息，隔天早上管理員就來敲門，說家長報警以為我可能失蹤了。我媽已經鬧過好幾次，就跟客訴狂沒兩樣，真的很討厭！」

「呃！就讓她以為妳有男朋友，會不會比較好？既然她會這樣的話。」

「不行不行，要是跟她說我交了男朋友，她絕對會要求見對方。我媽很擔心我被壞男人騙去，誤了婚期。明明我根本連對象都沒有，之前她也瞞著我擅自幫我報名婚友社。」

確實，要是母親做到這種地步，會過度反應或許也是情有可緣。之前我雖然冷眼旁觀，但聽到這裡，不禁對木村湧出了一點同情。

「……好吧！只要跟妳媽說，妳最近都跟我在一起就行了吧？」

木村的臉乍然亮了起來，透明鏡片底下的眼眸閃閃發亮。

「謝謝妳！」

「可是妳要告訴我，為什麼妳會那麼想打工？甚至不惜來拜託我幫忙。」

聽到這話，木村用力咬住了下唇。就在這時，桌上的手機響起了機械式的鈴聲，木村飛快抄起手機，低聲應道：「喂。」對方好像是她母親，她的回應十分不耐。

看著木村那副模樣，我的心臟整個揪緊起來，驀然想起自己的母親。她現在在做什麼？附著在頭髮上的定型噴霧清爽的香氣、手掌散發的護手霜香味。鮮明的只有零碎的記憶，我竟無法順利回想起她的表情，就像在水中化開的顏料，記憶逐漸模糊。明明她是我的母親，我的大腦卻已經開始將她當成可以刪除的記憶來處理。

「宮田同學，拜託了。」

木村用手肘輕撞我，我倏地回過神來，接過手機，按在右耳上。

『妳是小寶的朋友，宮田同學？』

從話筒傳來的嗓音，比想像中更溫和。

「對，承蒙木村同學照顧了。」

木村在一旁側耳聆聽我們的對話。

『最近小寶有沒有什麼奇怪的地方啊？問朋友這種事或許很奇怪，可是我好擔心她是否被牽扯進什麼奇怪的事？』

「沒事的，木村同學比阿姨想像的更會照顧自己。」

『她還未成年吔！要是她能在我身邊就安心多了，偏要跑去讀那麼遠的大學。』

「比起同年紀的學生，木村同學更認真用功喔！但我可以理解阿姨的擔心啦！」

『咦，真的嗎？聽起來宮田同學也是個認真的學生呢！只要不夜遊晚歸，我也不想干涉太多啦！』

「她過著很健康的學生生活呢！反而是其他同學都在埋怨，她怎麼不喜歡跟大家一起出去玩。」

『哎呀，真的嗎？』

「是啊！所以請阿姨放心。」

多虧了打工經驗，我才能這樣信口開河，已經很習慣抹消自己的人格，徹底扮演店員角色說話了。在這裡，沒有宮田陽彩這個人。

社交能力到底是什麼呢？每當我讓腦袋放空說話時，就會湧出相同的疑問。堀口應付客人的方法，是只有他才做得到的那套；而我應付客人的方法，是他人也一樣輕易辦得到。

若說社會上所謂的社交能力，就是指和周圍同化的能力，那麼果然是我不可能擁有的才能。要假裝成正常人，非常、非常累。

『我還是擔心會有什麼萬一，阿姨可以把自己的電話告訴妳嗎？不過，請跟小寶保密，要是她知道阿姨這樣拜託妳，一定會生氣。』

「當然好。」

我穩重地點點頭，完美掩飾內心嫌麻煩的感受，並將對方說出來的數字記在自己的手機裡。之所以沒有輸入連絡人，是因為不想要自己的手機裡明確地留下木村母親的痕跡。

『那，以後也請跟小寶好好相處。』

木村的母親以這句話結束對話。

看來成功過關了。我安心地吁了口氣，把手機還給木村。她和母親交談了幾句後，掛了電話，接著整個人靠到沙發椅背上，深深地吐了一口氣。

「得救了。」

「妳媽感覺人很好啊！」

「她只是態度溫和而已，一陷入恐慌就很恐怖。就是所謂的毒親。」

「那種程度就叫毒親？」

「只是妳不知道我媽有多恐怖而已。」

木村說完撇開頭去，我默默地盯著她的後腦。

我有自知之明，因為比較對象是自己和江永，因此同情的基準異於常人。即使如此，我還是覺得木村是恃寵而驕——相對於得天獨厚的環境，以及絕對不會丟下自己的母親。

「我媽從以前就成天喊著我好可愛好可愛，片刻都不肯放過我。買衣服也是，硬要一起去，每次我在試衣間換衣服，她就會讚不絕口：『好像女明星喔！』『比偶像還可愛！』店員都在旁邊苦笑。」

「她就是溺愛妳而已，這證明妳媽很愛妳啊！」

「只要父母愛孩子，孩子就必須容忍一切嗎？」

這句反駁讓我猛地倒抽一口氣，在不知不覺間，我對木村說出自己最不想聽到的話。我這樣根本只是在遷怒，瞧見木村對母親的態度，讓我不由得煩躁起來。

「我不該這樣說。」我歉疚道。

「知道就好。」

木村輕哼了一聲，併攏雙膝，重新在沙發上坐好。

「那，妳為什麼會開始打工？」

「因為我需要錢。」

「妳要錢做什麼？既然家裡有給錢，應該不需要自己賺吧？」

聽到我的貿問，木村內疚地垂下目光，她用指頭梳理厚重的瀏海。

我看著她手腕上閃亮的霓虹色手環，從堀口那裡聽到的奇妙稱呼不禁脫口而出。

「……宇宙大師？」

「妳知道？」木村訝異地瞪大了眼。

這反問是指，我知道木村在崇拜宇宙大師？還是我知道宇宙大師這個人？

我內心忖度著，在膝上用左手握住自己的右手無名指。或許當時應該向堀口問清楚，他是用什麼樣的立場面對木村的？

「也不算知道，我是聽說的……」

我悄悄觀察著對方的反應，擠出刺探性的話。

「啊！是聽堀口學長說的嗎？他說他有煩惱，我本來也想幫他介紹。」

「堀口會有煩惱？」

「他說家裡有些問題，很是苦惱。他好像從小就一直被拿來跟弟弟比較，很想要有人給予人生一些建議。」

這不管怎麼想，都只是堀口在配合木村，但對木村揭露這個事實未免太殘酷了。面對一臉得意洋洋說著話的木村，我小心避免自己的附和聽起來像嘲笑。

「宇宙大師真的那麼厲害嗎？」

木村聽聞，靦腆地垂下頭。雙頰微紅的她心境究竟為何？我無從想像。

「我是在大二時遇到宇宙大師的。一年級的時候，我想要專心唸書，因此沒打算參加社團，只是看到身邊的學生，總覺得很羨慕。在找社團時，發現一個叫『虹川讀書會』的社團。由畢業學長虹川擔任幹部，學生對於畢業論文或考試，甚至是求職，有任何問題都可以找他。人數很少，並不是校方正式的社團。」

私立大學學生很多，校方正式與非正式的社團龍蛇混雜。正式社團有社辦，非正式社團則是學生自己找地方聚會，自由進行活動，因此有風險的當然是後者。

「我對求職感到不安，所以有畢業學長姊指導，真的幫助很大。我提出了很多關於畢業出路的問題，虹川學長就說可以特別把我引見給宇宙大師。」

「那位宇宙大師是在做什麼的？」

「大師是位超靈驗的占卜師。」

木村朝我探出上半身，興奮膨脹的鼻孔噴著鼻息，我頓時啞口無言。

陡然，木村「啊！」了一聲，慌忙左右揮手。

「我瞭解妳一定覺得很可疑，但不是那種的。宇宙大師平常都和政治家或一些權貴名流打交道，可是也會當做慈善活動，為年輕人指點迷津。學長姊裡面有很多都是透過宇宙大師幫忙，才找到工作或結婚的。」

愈聽愈可疑。

「難道之前妳說賺錢是下賤的行為，是受到宇宙大師的影響嗎？」

我刻意把僵硬的嘴角往下撇，歪頭問道。

「對呀！宇宙大師說，人之所以會不幸，就是因為被流入的髒錢所污染了。只要丟掉自己不想要的錢，更能夠淨化自我。大師還說，要是不這麼做，將來當我遇到真命天子時，那些污穢就會一直糾纏著我不放。」

我不知道該說什麼好，只能僵著臉坐在那裡。

也許是察覺我的表情露骨地歪掉，木村猛地用力搖著頭。

「我知道聽起來很可疑，我也不是百分之百完全相信。不過，這個世界的所有事物，也不是可以完全用科學來解釋的，不是嗎？若是如此，像宇宙大師這樣擁有神祕力量的人存在，也是有可能的事吧？我只是這樣覺得而已。」

嘴上否定自己相信，卻又落落長地辯解。

「妳看這手鐲。」

木村說著，將手腕上的手環伸到我面前，玻璃製的手環在螢光燈底下，天真無邪地閃耀光芒。

「這是帶有宇宙大師力量的特別守護石所做的。明明只是普通的石頭，卻能如此閃亮，都是因為有宇宙大師的加持。大師說只要戴著這手環，原本會遇到的不幸，也能被化解掉一大半。」

木村難到不知道彩箔加工嗎？或者是明知道卻假裝無知？這種東西粗陋到

根本稱不上神祕的力量。

「大師說，我媽給我的錢，對我來說是一種污穢，得要交給宇宙大師，讓大師為我淨化。可是這樣一來，我就沒錢生活了，所以……」

「所以才要打工嗎？」

「沒錯！宇宙大師對年輕人真的很好。一般找大師解惑，一小時好像要五十萬圓；但年輕人只要捐錢給宇宙大師，領取法具，大師就會幫忙指點迷津。看捐多少錢，可以拜領不同的法具。」

「妳說的法具，就是那手環？」

「對啊！還有我現在燒的香也是，這香可以提升我一天的運勢。」

木村身上的香氣之謎麗解開了。不管怎麼想，她被那個勞什子宇宙大師給騙了。

「還有這個淨化水。」

木村拿起剛才放到桌上的瓶裝水，輕輕晃了晃，瓶身包裝的中央，銀色的圓詭異地反射著光。

「這水也有什麼力量嗎？」

「這是宇宙大師淨化過的水。只要每天喝這水，就可以排出體內累積的污穢。」

「問一下，要捐多少錢，才能拿到這些法具？」

「這不是商品，所以沒有定價。不過水的話，大概捐個三十萬，便能領到一百瓶吧！手環的話，是第一場讀書會時，宇宙大師好意贈送的。然後香的話，一個月份大概十萬圓。」

三十萬圓一百瓶，意思是這水一瓶要價三千圓，簡直就是暴利。

然而，被騙的人也是活該，怎麼會想要把這麼多的錢，拱手送給素不相識的陌生人？而且木村是最近才開始打工的，手上居然有三十萬圓這麼多的閒錢，看來都是家裡給的。

「啊！不過這完全都是樂捐。還有，我剛才也說過，宇宙大師對年輕人真的很好。平常的話，諮詢一次就要五十萬圓，若是年輕人，只要領到一百瓶水，大師就會撥時間接見。其他還有捐獻一百萬圓，就能得到和大師相處一整天的權利。若是介紹新的朋友，大師第一次可以免費解惑呢！大師真的太好了。」

木村滔滔不絕開心地說著，就像是要填補空白。

砸一百萬圓就可以一起出去，這根本是戀愛推銷法。當然錢要怎麼花，是各人的自由。我想到陳列在超商櫃台附近的點數卡，微微垂下目光。

許多人是為了自己而賺錢、花錢，但當事人對此感到心滿意足，旁人真的有權利說三道四嗎？想到這裡，緊抿的嘴唇以不自然的形狀僵住了，像是被思考觸動般，記憶的碎片從過去接連復甦。

幾個月前，塞在家中垃圾桶裡的大量點數卡，抽到稀有角色笑得天真無邪的母親，以及我對此感覺到的虛無與徒勞。母親在美甲沙龍保養的手，和我用百圓商店購入的指甲剪潦草剪短的指甲；烤焦的吐司味；沖太濃的咖啡；掉著一堆頭髮的地毯。

如果本人滿足，任由她去比較好，因為要應付發脾氣的母親很麻煩。我就是這樣不斷地無視內心的反感，堅決認定就算制止也沒用，最後我和母親決裂了。

木村其實也是有朋友的，應該有人會想要阻止她迷信宇宙大師，不過朋友的聲音沒有傳進木村耳裡。

我並不是好心覺得木村可憐，只是她以捐獻為名目送出去的錢，並不是她自己賺來的，而是她父母的血汗錢。這個事實就是讓我噁心到不行，我認為她以這種方式揮霍，真是爛透了。

「欸，妳可以介紹那個宇宙大師給我嗎？」

一聽到我的要求，木村的雙眼幾乎要開花了，深色的瞳眸閃爍著星星碎片。

「宮田同學居然會對宇宙大師感興趣，我太開心了！宇宙大師也有囑咐我，如果我身邊有累積許多污穢的朋友，一定要對她們伸出援手。」

也不用反問「難道」了，她口中累積許多污穢的朋友是指我嗎？這讓我大概悟出木村會來拜託我的理由。

「我會拜託虹川學長帶妳去見宇宙大師。」

木村露齒而笑，這是認識她以來第一次見到的滿面笑容。

＊＊＊

江永用自己的筷子，直接把大盤子上的青椒炒肉絲夾到小碟子裡。

時間是晚上八點十三分，電視傳來懸疑推理劇歡快的背景音樂。

在我和江永都沒事的日子，就會一起圍著暖桌吃晚飯。要看錄起來的什麼節目，選擇權在江永手中。用餐期間，電視畫面裡幾乎都會有人死掉。

「有時看電視劇時，不是偶爾會看到踹貓的場面嗎？」

江永大聲咀嚼著嘴裡的東西說道，眼睛直盯著電視螢幕沒有移開。

「有嗎？」

「有啊！這種時候，我都會別開眼睛不敢看，會覺得：天哪！貓咪未免也太可憐了。可是看到人類像這樣被殺死的場面，就不覺得有什麼。」

此時，畫面中的男人正被女人刺死，深深插進肚子裡的刀，沾滿了殷紅的血漿。

「天啊！人類太可憐了——。」

江永被我逗笑了，用指頭抹去沾到醬汁的嘴唇。

「因為人動不動就死掉嘛！」

「江永，妳看過人死掉嗎？」

「那妳看過嗎？」

「沒有。」

我左手的飯碗裡盛了約八分滿的飯，從開動到吃完，我的碗裡始終都是白的。

江永的飯一眨眼就會變成咖啡色，因為她會一直把菜放在飯上再吃。而我手中的黑色筷子，也一直在視野角落晃動著。

「我看過。」

睫毛膏沒卸的睫毛緩慢地上下眨動，她雙眸凝視著我，似在打趣。

「我高二時看到有人在車站月台跳軌自殺。」

「一定超驚悚！」

「真的超恐怖的！那種東西不能沒打馬賽克，就直接在現實世界播出來。」

「自殺的是怎樣的人？」

「就一般上班族啊！電車停下來，周圍的人都在尖叫，然後我在那裡不耐的咂嘴。因為我跟朋友約好要去玩，會害我遲到。比起同情，我更覺得生氣，幹麼死在這裡啦！若被撞死的是貓，或許我會覺得超可憐的。」

「這也是沒辦法的事吧！要是為每件事難過，自己會先崩潰。」

有人死掉時，比起傷心，更覺得生氣，會為自己的預定被打亂而不耐煩。也許是因為認為除了自己以外的人，都不是跟自己一樣的活人。

不，理智上知道。在電車相鄰而坐的乘客、超市店員、居酒屋拉客的，單純只是擦身而過的這些人，他們也是會思考、也活在這世上。然而，很難全天二十四小時都帶著這樣的認知過生活，要是這麼做的話，我的大腦會立刻燒掉當機。

「宮田妳啊，總是一副什麼時候死掉都可以的表情。」

「那是怎樣的表情？」

「就像在說：**又不是我自己想要活的！**」

「那妳自己呢？」

「我怎樣？」

「妳喜歡活著嗎？」

「不喜歡。可是我也絕對不想死，我想要活得比任何人都久。我已經決定了，就算用爬的，我也一定要活下去。」

「為什麼妳的心理素質這麼強啊？」

「因為要是比把我當狗屎的爛人還先死掉，那不是很教人火大嗎？」

或許是想到了具體的某人，江永皺眉咂嘴道。

我用臼齒嚼碎沾滿醬汁的竹筍，加了大蒜末添加風味，每當吞下菜餚，喉嚨深處就感覺到熱辣的刺激。

「我認為只要活著，總有一天可以獲勝。」

江永撐著手肘，沒教養地用紅色筷子指著我，斷言道

「勝過什麼？」

「命運那類東西。」

「妳的敵人會不會太浩大了？」

「我出生的環境爛透了，一定要用活得快快樂樂來報仇，向命運復仇！」

「那妳現在快樂嗎？」

「唔——，滿快樂的吧！而且還有妳。」

「是喔？那太好了。」

「我這個人要是一直獨處，就會忍受不了孤單，做出傻事來。」

暖桌底下，江永伸長了腳踢過來。每當她做出這種惡作劇的舉動，雙眼就會被冰冷的陰影所籠罩。

那是觀察者的眼神，就像觀看水灌進螞蟻窩的幼童，是靜待對方反應的眼神。她很好奇我會露出什麼樣的表情，說出什麼樣的話。明明在測試對方會不會一把將自己推開，卻又在心底認為怎麼樣都無所謂。

「這麼說來，木村住的地方怎麼樣？」

江永收起伸過來的腳，轉換話題。

「很漂亮啊！」

我想起木村充滿少女風味的住處，不由得苦笑。

「她迷上宗教那八卦是真的嗎？」

「是真的，她還買了一堆一瓶三千圓的水。」

「什麼跟什麼？」

「說是可以淨化身體的水，一百瓶三十萬圓。」

「她居然有這麼多錢。」

「是將家裡給的生活費存下的。大概是那些錢也快用完了，才開始找打工。」

「完全被當肥羊宰吔！真慘啊！」

「捐獻一百萬，好像就可以跟教祖約會一天。」

「什麼啦！自以為是偶像明星喔？」江永拍手大笑，說出我根本不想知道的資訊。「像是賣那種約會散步服務的店，六小時頂多才五萬圓。」

江永把手上的筷子擱到碗上，開始滑起放在桌旁的手機。

「啊！有了有了，宇宙大師，Google一下就有了。」

「怎麼會？我查就沒有。」

「妳要輸入關鍵字『宇宙大師』、『水』、『淨化』。欸，這官網搞什麼啊？簡直像確變[5]畫面嘛！」

「什麼是確變？」

「柏青哥術語啦！」

聽到這說明，反而更一頭霧水了。我也跟著拿起手機，輸入江永說的關鍵字搜尋，就像她說的，馬上就找到官網。

注5：確變，又名確率變動，意指中獎機率改變後，進入能再中獎一次的模式。

背景是絢爛閃爍到讓人眼花繚亂的七彩畫面，中央顯示的女人，就是自稱宇宙大師的人。年紀看上去約五十出頭，眼角擠出深紋，沉穩的笑容就像福神惠比壽，一身米白色衣物的體型富態，親和力十足。

「跟這個大媽約會要一百萬？」江永冷哼道。

「聽說，一般諮詢費要五十萬圓。」

「頭殼壞掉吧？要是帥哥牛郎還是美女公關，退讓一百步，或許還能理解。」

「或許相反喔！」

「相反？」

「有些人遇到帥哥美女會提高警覺，但對這種看起來很和善的歐巴桑，反而不會懷疑喔！」

像我這種毫無自我肯定感的人，光是遇到長相出眾的人，就會自慚形穢，甚至忍不住懷疑對方居然願意對我好，絕對別有用心。如果是和善的歐巴桑，必定不疑有他。而且愈是自認戒心極重的人，一旦卸下防心，就愈沒辦法再次築起防衛高牆，因為這種人不願意承認自己居然會看走眼。

「可是一百萬吔？要是我，絕對不可能被騙。」

「或許從一開始就沒有打算要騙這一百萬吧！會定這個價格，也可能是為了讓人覺得很划算。」

「啊！妳看這個，有宇宙大師的人設。」

「人設……」

直白的說法讓我噴笑了出來。

只見江永擺出做作到不行的肅穆神情，開始朗讀網頁上的文字。

——三十三歲時，我對人生絕望了，一場車禍同時奪走我的丈夫和孩子。至親之死不斷地侵蝕著我，無法工作，不想和任何人說話，行屍走肉般過著每一天。就在我再也撐不下去的某個夜晚，我選擇跳崖自殺。滔天大浪立刻將我的身體捲入海中，啊！我終於要死了。就在這時，我聽見了宇宙大師的聲音。

「嗯？什麼意思？宇宙大師不是這個歐巴桑嗎？」

「還沒完啦！」

——那裡是一片漆黑的世界，我的意識被拋入美麗的宇宙空間。宇宙大師的意識，與赤裸裸的我的靈魂共鳴了。宇宙大師向我開示：「妳是天選之人。死亡會平等造訪每個人，我會免除妳的第一次死亡，其條件是，妳要扛起我賦與妳的使命，把我的力量分給全人類。」當我醒來時，已經漂流到岸上。我以虛弱的身體在沙灘上站起來的瞬間，發現宇宙大師的聲音迴響在我的腦中。就在這一刻，我悟出以自身肉體為媒介，將宇宙大師的聲音宣揚給世人，就是我今生的使命。

江永左手抵胸，像是面露虔誠的聖職人員，但很顯然是在嘲弄。

「好像B級片的簡介喔！」

「這種居然會有信徒？真是嚇死我！怎麼想都是歐巴桑在妄想吧？」

江永螢幕向下將手機放回桌上，我也跟著丟下手機。

「我覺得木村也不是沒有懷疑過，我倒是可以理解那種心情。明明懷疑，卻不想正視現實，只好假裝相信。」

「是喔？」

「不想去質疑，自己過去的一切到底算什麼？所以一直拖延，不願面對現實，拚了命地蒙住自己的眼睛。」

「這就是妳會插手這件危險鳥事的理由？」江永瞇起杏眼問道。

快壞掉的螢光燈閃了一下，眼前女人的臉瞬間落入了黑暗。

「我明天去買新燈管。」我仰望天花板說道。

江永立刻識破我的企圖，蹙眉瞪著我。

「我勸妳不要。」

「那妳要去買嗎？」

「不是那個，是叫妳不要去見那什麼鬼宇宙大師，妳是那種會上鉤的型。」

「不會啦！」

「光是妳住在我家，就毫無說服力了。要是我是壞人，妳早已屍骨無存了。」

「可是妳又不是壞人。」

「目前還不是。」

江永說完，起身去廚房從鍋子再盛了一碗蛋花湯。

她的湯碗是粉紅色，我的是青色；她的飯碗是粉紅色，我的是黑碗。在我搬進這裡以前，這個家就已經有這些百圓商品店賣的同款不同色餐具，而我現在理所當然使用的碗盤，都是江永的前任的。江永說，每一任男友，她都讓他們用同一套餐具。

「說起來，站在木村的角度，妳想做的事也是多管閒事。她付錢得到了幸福不是嗎？那就沒有實質損害嘛！不覺得本人滿足就好了嗎？」

「我並不是為了木村做這些。」

「那是為了誰？」

「……木村的媽媽。」

冷然的嗓音，連我自己都嚇了一跳。

江永坐了下來，滋滋啜飲碗裡的湯。她吃飯禮節很差，也不是這一兩天的事了。

「妳想媽媽了？」

「也不是，只是單純同情她而已。」

「唔，就接受妳的說法好了。」江永一邊撩起金髮，塞到自己的耳後，一邊把湯匙往口裡送，若有所思的眼眸直盯著我看。「我也想會會那個宇宙大師。」

「什麼？」

「妳一個人去我會擔心。」她說著抬起頭來。「還有既然要做，要先做好保險。」

江永用指頭抹了抹油亮的嘴唇，修長的指甲點了點自己的手機。雖然她露出胸有成竹的笑，但是否真有計畫，實在令人存疑。

我嘆了一口氣，把大盤子裡剩下的青椒炒肉絲，全部掃進自己的盤子裡。頭一低，世界又落入一片漆黑，隨著燈管「嗤」一聲冒出來的，是眨眼般的黑暗。

「對了，我有買可爾必思當甜點。」

再次亮起的世界裡，江永一如往常地托腮笑著說。

「可爾必思才不是甜點吧？」

我也如常聳肩回應。

＊＊＊

後來過了一星期的週六，我們在車站驗票口前和木村會合。

會合的時間是下午一點，但江永的頭髮一直搞不定，因此遲到了六分鐘。

木村站在驗票口外閱讀口袋書，帽簷壓低的灰色鴨舌帽底下，露出筆直的黑髮。

「木村同學，讓妳久等了。」

我出聲招呼道，木村驚嚇似地抬起頭。

今天她穿著印有外國樂團名的黑色T恤，搭配褲腳捲起的藍色破牛仔褲，手腕上也戴著閃亮的玻璃手環。

我無意識地嗅聞著空氣，原本周圍的氣味會被江永的香水味完全蓋過，今天還加上了木村的線香味。

木村闔上口袋書，塞進托特包裡，透明鏡片底下的眼眸微微瞇起。

「……江永同學真的來了。」

嗓音中充滿了戒心，讓我想起木村以前提過「靈魂被污穢」的說法。**這也是從宇宙大師那裡聽來的嗎？**

「只有宮田一個人去，我不放心啊！」

江永咧嘴一笑，把手搭在我肩上。穿著七公分的高跟鞋，今天的江永非常高。

木村看也不看她的臉，大大地嘆了一口氣。

「今天完全是宇宙大師寬宏大量，我們才能見到大師，妳們要心存感謝。」

「木村同學，妳大概都多久見一次宇宙大師？」

「親眼見到大師的機會很少，平常多半都是去讀書會那裡。」

「讀書會喔……」江永摩挲著下巴。

「這邊。」重新戴好帽子的木村，指著出口說。

她不肯事先告訴我們目的地的地址，所以只能跟著她走。原本我擔心萬一是可疑的住商大樓怎麼辦，幸好只是普通的住宅區。

這一帶有許多蓋在陡坡上的建築物，應該是開拓山地而成的新興住宅區。雖然每隔一段距離就有公車站，但頂多一小時只有一班。從車站走到這裡大概要二十五分鐘，居民平日生活一定少不了車子，許多人的車庫都停放著家庭用車款。

「這裡就是虹川讀書會的活動據點。」

木村介紹的地方，看上去是平凡無奇的民宅，周圍被灰色圍牆環繞，只看得到二樓以上。觀察那素雅的外牆，感覺屋齡相當老，褪色的牆面很符合建築物的氛圍。

和我身高差不多的大門附有門鈴，角落甚至有監視器，與我和江永同住的家是天壤之別。只見木村走到門鈴前，特地摘下帽子，接著響起「嘟……」的低沉鈴聲。

「我是七十三號木村。」

木村說出了號碼，不曉得是不是這裡的規矩。我內心暗忖：簡直像囚犯。

「好像犯人喔！」一旁邊的江永不客氣地笑道。

本村聞言蹙起眉心，幸好麥克風似乎沒收到江永的說話聲。

機器另一頭傳來青年爽朗的聲音。

『啊！木村同學，妳好。妳後面的是來體驗的嗎？』

「是的。」

『請進，歡迎兩位新人。』

話音剛落，便傳來開鎖的聲響。

「剛才那是虹川學長。」

木村頭也不回地說明，我和江永默默地尾隨在後，往門內走去。

裡面是精心維護的小庭院，盆栽裡開著形形色色的花朵。我在其中一盆前面停下腳步，白色的小花聚成一團，花瓣前端有缺口，葉子看起來很柔軟。

「這是馬鞭草。」木村留意到我在看花，停下來為我說明。「前面種花，後面種菜。這裡的成員會幫忙整理，收成的蔬菜大家會一起煮來吃。每個月的第三個星期六是感謝祭，大家會一起煮飯，或是辨義賣會，也有賓果大會。」

「這樣聽來，很像普通的社團。」

「當然也會一起讀書，有時大人會分享社會經驗，也可以學習人生，還有許多交流會。未成年人不能喝酒，所以會用蘇打水兌上虹川學長做的糖漬青梅來喝。」

「妳喜歡種菜？」

江永俯視那些盆栽，好奇問道。

木村望著支柱林立的菜園，光看葉子，看不出是什麼菜。

「本來不喜歡，因為我媽從以前就非常討厭我摸土。小時候去沙地玩，弄髒手和衣服，她就會大發雷霆。我是參加讀書會以後，才第一次好好摸到泥土。」

摸泥土的經驗，我這輩子同樣十根指頭數得出來。年幼時，全家一起去海邊摸蛤蜊，在幼稚園也挖過地瓜，不過自從父母離婚以後，這類活動便減少了。

「第一次遇到宇宙大師的時候，大師叫我要好好過生活。懶散度日也是一天，既然同樣都是一天，就應該要活得對得起自己。」

「好好過生活喔……」

「懷著敬意對待自己以外的生命，以結果來說，就是珍惜自己的生命。宇宙大師是透過各種活動，教導年輕人生命的寶貴。」

這話聽起來頭頭是道，卻也是雜誌或勵志書中的老生常談。

「好好過生活，這跟我們沒關係呢！」

江永對我附耳輕聲說道。

確實，對於會吃洋芋片當午飯的江永來說，這實在太遙遠了。

「那，進去吧！千萬不可以對學長姊沒禮貌喔！」

木村拉著門把說著，輕鬆地將門打開。看來上鎖的只有大門，玄關好像沒鎖。

「打擾了。」

我虛應故事地打著招呼，順勢走進玄關。

室內一樣和一般民宅沒什麼不同，門墊上擺著三雙拖鞋，木製鞋櫃上的瓶子裡，插著剛才在庭院看到的白色馬鞭草花，天花板吊著模仿鬱金香造型的玻璃水晶燈。

「歡迎光臨。」

從走廊靠近的腳步聲在玄關停下，現身的是一名氣質清爽的男人。

有些自然捲的黑髮底下，是印象溫和的垂眼，五官平坦，沒什麼起伏。捲起白襯衫袖子的他，外面套了件象牙白圍裙，黑色細框眼鏡底下的臉，正柔和地微笑著。整個人氣質沉穩，看起來像二十多歲，也像三十多歲。

「這位就是虹川學長。」

木村的聲音有些激動沙啞。

「兩位是木村同學的朋友，對吧？她有提過妳們。」

虹川以溫潤的嗓音說道。

我輕輕頷首示意，江永則微微揮手說：「你好。」

「虹川學長畢業於我們大學，也是讀書會的領袖。」

「也不算領袖，唔，算是幹事吧！啊，兩位都已經聽說宇宙大師的事了嗎？」

被單刀直入地這麼問，我用力嚥了口唾液，不知道該如何反應才好。

「聽說了，可是怎麼說呢……有點難以置信。」

江永用手指搓弄著髮稍，輕浮地回答。

在我擔心是否會觸怒虹川時，他卻爽朗地一笑置之。

「嗯，這反應很正常！我們也絕對不會勉強傳教，今天就當做普通的社團活動，輕鬆享受吧！兩位都是木村同學重要的朋友，希望妳們可以留下快樂的回憶。」

那直爽的反應，讓我好似一拳撲了個空。

木村瞪視著我們，唇型無聲地說：少在那裡沒禮貌！

走廊左右有門，還有上二樓的階梯。

「這裡是客廳。」

虹川踩著輕快的步伐往右走，接著開門說道。

瞬間，甜蜜的香氣擴散開來。烤箱裡的麵糊香氣四溢，混合了麵粉與牛奶，甜味和麵香摻半的香氣，滋滋作響的油聲，以及摻雜其中的炸物特有的芳香。各種氣味揉合在一起，混濁了室內空氣。

「木村同學，午安。」

「妳來了。」

「要不要嚐嚐味道？咦，後面兩位朋友也來試試！」

眾人七嘴八舌向我們攀談，我愣怔在原地。

占領廚房的是六個女人，所有的人都沒有上妝。更裡面的客廳，十個男人接連將糕點端到長桌。他們年齡各異，從二十多歲到四十多歲都有，每個人都穿著和虹川一樣的象牙白圍裙。

「午安，今天在做什麼？」

木村一面回應，一面以自然的動作從包包裡取出圍裙。

木村第一個攀談的對象，是年紀應該和我母親差不多的婦人。

「甜甜圈、馬芬和炸薯條，還有毛豆麵包。」

她眉頭微挑了一下，一手扶在自己的臉頰上。

「哇！我最喜歡鈴木阿姨做的麵包了。是用田裡種的毛豆做的，對吧？」

「對呀！想說難得有毛豆，就配個起司做麵包。」

「感覺好好吃喔！」

綻放笑容的木村，那柔軟的表情讓我忍不住屏息。不曾有片刻鬆懈的戒心，從她的雙眸消失了。只見她穿上圍裙，加入了大家，整個人快樂得不得了。

「兩位這邊請，妳們是客人。」

虹川說著，把我和江永領到設在客廳的餐桌旁。

我和江永在木椅坐下，忙碌的男人們逐一向我們打招呼。

「妳們好。」

「不用拘束。」

「慢坐。」

我向他們頷首回禮，短促地吁了口氣，坐在旁邊的江永已經滑起手機。

「妳們兩個都喜歡甜食嗎？」

虹川在我和江永對面坐下，筆直地面對我們。

沒想到江永突然不理人，我只好急忙虛應故事。

「喜歡。這裡的讀書會都會像這樣，一起做甜食嗎？」

「是啊！不過今天因為有客人，所以大家特別起勁，平常不會做這麼多種。」

「這樣啊！」

「請不要客氣喔！妳們開心，就是最好的回禮。」

瞇眼微笑的虹川，還有溫暖地望著我們的眾人，都感覺不到任何企圖。不求回報的無條件溫柔，他們的態度，讓我強烈地感受到類似奉獻的喜悅。

啊！難道這就是木村不可自拔的理由嗎？得到結論的瞬間，熱潮倏地從臉頰褪去。在這個宛如在靜好的午後陽光灑落般舒適的空間裡，不會有人傷害自己、更不會有人拒絕自己。

木村所執著的不是這個場所本身，而是存在於這裡的社群。對她來說，這裡是她在遠離老家好不容易覓得的歸宿，她花了大把金錢，得到加入這裡的權利。

只不過，這些全都是假的。我實在不認為身處在此的人們，每一個都是平等的。雖然所有人都擺出一副自願奉獻的模樣，但其中有幾個應該是暗樁。榨取的一方，和被榨取的一方；對我這樣的一般人來說，難以徹底辨別兩者的差異。

我望著坐我旁邊的江永，她把手機螢幕朝下放到旁邊。

「你為什麼要開這種讀書會？別怪我問得太直接，只是以你這年紀，應該早就出社會工作了吧？還是這就是你的工作？」

聽到江永粗魯的質問，虹川也不慍不火，他維持著溫厚的笑容，回答剛才還在滑手機的無禮年輕人。

「三年前我還在貿易公司上班，就是所謂的血汗公司。當時做到身心都壞掉，只想著要自殺，就在那時遇到了宇宙大師。現在我就像這樣，協助年輕人和大師牽線。除了讀書會以外，也會幫忙許多活動。」

「這樣有辦法維持生活嗎？」

「我很幸運，雖然也是有做義工的部分，但這都無所謂。帶給大家快樂的時光，就是我的喜悅。」

「虹川學長住在這裡幫忙宇宙大師，非常積極進取。」

木村倏地插進對話，坐到虹川旁邊，她手上的盤子裝滿了剛炸好的洋芋片。

木村似乎盲目相信虹川的話，瞪著不斷做出失禮言行的我們。

「別生氣，木村同學。以前我也說過，戒心是本能，也是權利。對於懷疑我們的人，應該要反覆說明，直到對方瞭解。透過像這樣對話，我們才能進入新的階段。」

「可是……」

「而且我們覺得很開心，因為這是妳第一次帶朋友過來。」

虹川的笑容愈是爽朗，我的戒心就愈重，同時也懷疑自己是否有些過了頭？虹川會不會果然是個好人？他有沒有可能也是上當的受害人之一？

「來，點心做好囉！」

來自廚房的甜香打斷了我的思考，眾人捧著裝滿點心麵包的大盤子，陸續就座。

「哇，好期待喔！」

「坐、坐。」

熱鬧的對話、寧靜的氛圍，會對這些感到懷念，是因為對我來說，這樣的氣氛是相當遙遠的存在。

陡然間，我想起小二時，同學在教室角落慶生的事。

班上受歡迎的女生，在那天收到大家送的可愛禮物，有裝飾的髮圈、輕易可卸除的指甲油、香氛的筆組，我則準備了在百圓商店買的橡皮擦。朋友們送的禮物都包裝得漂漂亮亮，我的禮物卻裝在塑膠袋裡，這讓我自覺羞恥，所以我把東西從袋子裡拿出來，直接交給那個朋友。

當她收下禮物時，滿臉開心地笑著說謝謝，看到她喜悅的模樣，我也很高興。

只不過從隔天開始，我被排擠出朋友圈。一直到那個時候，我都不知道原來禮物是要包裝的，因為父母從來沒有教過我這種事。

滿不在乎地說出「這根本是常識」的人，卻不肯教導我，他們甚至不去想像，世上有些人毫無機會去得知這些知識。

我對同齡的人滿懷戒心，放棄融入他們之中。與其相信之後會再遭到背叛，更想成為每個人眼中的陌生人，我認為這樣輕鬆多了。

「那麼，歡迎木村同學的兩位朋友，乾杯！」

分發給每個人的飲料，是用虹川在庭院採收的梅子做成的糖漬青梅，兌水或碳酸水調製而成。未成年人喝梅子蘇打，喜歡喝酒的就啜飲現調梅酒，涇渭分明。

江永似乎被當成未成年人，沒詢問她的意願，便直接給了她蘇打。

「乾杯！」眾人舉杯，家庭派對和樂融融地開始了。

木村喜歡的毛豆麵包，確實餡料很多，美味可口。

「宮田同學是這裡人嗎？」

旁邊年約二十五的小姐探頭看著我問道，她略低的嗓音聽起來很舒服。

「對，我在這裡出生，也一直住在這裡。」

「這裡真的很棒呢！我本來住在關西，現在打算在此定居。我好喜歡這裡喔！」

「這樣啊！」

「要在哪裡活下去，一部分可以自己決定，一部分由不得自己，對吧？所以我想要珍惜緣分。」

發出輕笑的她，手上散發著奶油的香氣，而奶油香底下是蓋不住的、特徵十足的線香味。這裡的人，每一個都藏著這樣的氣味。

「妳也相信宇宙大師嗎？」我直截了當地問。

「妳是相信校長的理念，所以報考現在的大學嗎？」對方微瞇著眼笑著反問

「咦？」

我還真沒想過這種事，甚至連大學校長是誰都不知道。他研究什麼、說哪國語言，我毫無興趣。對我來說，大學只是人生更上一層樓的墊腳石，是工具。除了拿到大學學歷以外，其他都無所謂。

然而，對於自己這樣的想法，最近也開始感到有點心虛。我到底是為了什麼而學習？往後又要為了什麼而活？

「呵呵……」女子顯得懷念，笑意更深了。「就跟這是一樣的。這裡有些人是來聆聽宇宙大師的法語，也有些人只是純粹贊同這樣的活動。每個人的目的都不同，但喜歡這個地方的心情卻是一樣的。」

「那妳呢？」

「嗯……對我來說，宇宙大師就像個良師吧！遇到瓶頸時，大師會指點我人生的路標。聽到淨化水的事，宮田同學或許會感到警覺，而我是把它當成捐獻。宇宙大師過得幸福，就是我們的喜悅。因此我的捐獻行為，全都是為了我自己，是為了自己的幸福。」

一瓶三千圓的淨化水，居然可以變得如此光明正大？我開口想要反駁，卻又立刻噤了聲，眼前的女子笑容實在太幸福了。

本人都感到如此滿足，我真的有剝奪的權利嗎？

「宮田同學、江永同學，請把手給我。」

本來在和別人說話的虹川忽然呼喊著我們，他手上拿著天鵝絨材質的珠寶盒。光滑的深藍色盒子中央，以銀箔燙印著看過的銀色圓形標誌。

我慢慢地打開盒子，裡面裝著玻璃手環，和木村戴的一模一樣。像是手工綁上去的繫繩上頭，掛著一塊像標價的卡片，印刷著〈為了在明天展望美麗的宇宙〉。

「用這個。」

木村特地從自己的包包裡取出剪刀，應該是平常就隨身攜帶。

我注意到剪刀柄是紅色的，不禁心想：**這也是她母親的品味嗎？**

「要戴在左手腕。」虹川說。

我和江永剪斷卡片的繫繩，戴上手環。

「好適合！」周圍的人鼓譟著說道。

靦腆和尷尬讓我拱起了肩膀，江永邊笑著說：「好扯。」邊用手機拍自己的手腕。

「我們都會送給第一次來這裡的人。只要平日戴在手上，應該就能感受到宇宙大師的加持。」

虹川這番一本正經的話，我看不出是認真的或只是套語。就算指出旁人沒說出口的事，也不是就證明了自己比較聰明。

就好像觀看舞台劇時，指著台上全身黑衣的黑子[6]說：**「那裡明明就有人嘛！」**

一樣，不必要的多話，只會糟蹋別人享受的時光。

我害怕被人覺得掃興，笨拙地擠出客套般的微笑。

這時，旁邊沉默的木村低頭看了看手錶。

「妳們兩個，時間差不多了。」

「什麼時間？」

「拜見宇宙大師的時間。」

虹川說著，站了起來。跟隨他走的只有木村，周圍原本在閒聊的眾人同時停下動作，他們用右手握住自己的手環，上身前傾三十度。

「祝福有段美好時光。」

「祝福有段美好時光。」

「祝福有段美好時光。」

異口同聲發出的台詞，讓我覺得有點恐怖。

「就跟慢走的招呼是一樣的。」

可能是察覺到我的感受，虹川開朗地笑道。

緊抓住常識不放的大腦，從剛才就不停地在進行「是正常？還是異常？」的判斷。他們是錯的……。逐漸無法如此斷定的思考，是最讓我感到毛骨悚然的。

虹川帶我們去的地方，是二樓的一個房間。木製階梯每踩上一階，就發出「嘰西嘰西」的木板傾軋聲，牆上掛著裱著墨字的裱褙作品。

——愛自己生活的世界。

——沒有永遠晴朗的天空，也沒有下不停的雨。

——不要逃避醜陋的自己。

——感謝幫助自己的人。

——美好的人生，就是睡好、吃好，並全心全意去愛。

全都是曾經在哪裡聽過，卻又微妙地有點原創的格言。應該是宇宙大師的法語

注6：黑子，日本傳統戲劇中，全身黑衣在舞台上協助演出或操縱人偶的人。

吧！由此可得到的情報，就只有宇宙大師的書法字寫得不錯而已。

一上樓梯就是要去的房間，木門十分豪奢，明顯與其他房間有所區隔，門面上有精細的雕刻，還附有獅子造型的門環。

虹川抓住門環，敲了四下。我無法判斷這是符合社會常識的行動，或是只存在於這個狹小社群裡的規矩。我太過無知了，沒有資格談論常理。

「打擾了。」

虹川領頭入內，接著是木村、我、江永。

開門的瞬間，濃烈的氣味撲鼻而來，我立刻聞出是木村身上總是散發的線香味。蠟燭的幽光照亮陰暗的房間。這是個美麗的空間，以深藍色為基調，周圍裝飾著水晶和礦物，每一塊都相當大，就像從崖壁上敲下來的岩石般嶙峋，搖曳的火焰在礦石表面冶艷地反射亮光。

「歡迎，請坐。」

微笑著這麼說的婦人，應該就是宇宙大師。她穿著華麗的米白色西裝外套，儼然像是女政治人物，刻劃著皺紋的脖子上，掛著大顆的黑石項鍊，紮起的黑髮有三分之一是白絲，黑白摻雜。

「兩位是木村同學的朋友。」

宇宙大師的口氣，宛如大人柔聲地對小孩說話，這讓我聯想到小學校長。

我們被勸坐，在黑色皮革沙發上坐了下來。虹川站在宇宙大師身後，微笑地看著我們對話。

「宮田同學和江永同學，對嗎？我聽木村同學說了。」

「妳好。」我頷首示意。

「我們是來參觀的。」

旁邊的江永吊兒郎當地笑道，並蹺起二郎腿。

木村怒瞪江永的側臉，江永卻完全不為所動。

「聽說，妳們都是木村同學的大學同學？」

宇宙大師目光低垂，嘴唇含笑。

「是的。」

識大體的我虛應了一聲，江永沒有吭聲。

宇宙大師的睫毛抬起，漆黑的瞳眸倒映出我。

「宮田同學工作很辛苦吧？明明還這麼年輕。」

「是我的氣場什麼的這麼顯示嗎？」

「不是的，因為妳的手是勞動者的手。」

聽到這話，我細細端詳自己的手。確實，和同齡的年輕人比起來，或許粗糙了許多。不過相較於和母親同住那時，已經好很多了，不用再成天清洗東西。

「宮田同學，妳的心變得相當衰弱呢！明明還不成熟，卻隱藏著孱弱的心，努力表現出大人的樣子。」

「我倒不這麼覺得。」

「真的嗎？妳的臉，是吃過苦的臉。一直以來，妳很苦吧！但妳克服過來了。」

她的眼角有兩顆痣，只要一笑，豐腴的頰肉就會微微隆起，是充滿幸福氣息的神祕笑容。

「也不是克服什麼的……」

「母親。」

宇宙大師倏地打斷我的話，簡短地說了這兩個字。

原本維持平靜的心臟，瞬間露骨地一跳。瞧見僵住的我，宇宙大師滿意地點頭。

「果然，妳的母親就扎刺在內心的深處。妳一定活得很苦，十分困難，不過妳還是拚命努力活到今天。」

這滔滔不絕的話，讓我忍不住望向木村，懷疑是她向宇宙大師打小報告。但仔細想想，我並沒有和木村提及和母親之間的糾葛，我們並沒那麼要好。

「宮田同學，妳是不是有什麼事想問我？」

「想，想問的事？」

「對，像是無法詢問任何人，自己一個人深藏的苦惱。若妳願意稍微向我吐露，我會很開心。儘管我的力量微薄，還算有能力陪伴。我呢，希望妳能得到幸福。」

顯而易見，這是她的手段。我微微用力抓住自己的膝蓋，拼命叫自己必須提高警覺，襯衫袖口處，剛收到的手環散發出無瑕的光芒。

「我……呃，也沒有特別想問的事……」

「沒關係的，不用緊張，也不必考慮太多，當做實驗就行了。就算是平常不好對別人說出口的事，都能盡情宣洩。這裡就是這樣的地方。」

「那，真的是很無聊的小事……」

「什麼事呢？」

「晚上到底要怎麼樣才能馬上睡著呢？」

我從袖子上握緊自己的右腕。

「妳會失眠？」宇宙大師溫柔地笑問。

「嗯。」

「想要睡覺時，是否就會想起討厭的事？像是以前做錯的事，或是丟臉的事。」

「對，就是這樣。」

「我懂，以前我也是如此。然而，可以正視軟弱的自己，證明妳已經能好好地面對自我。」

宇宙大師直勾勾地凝視著我，那眼神無比地慈愛。啊！以前爸爸和媽媽也會用這種神情看我。

「一直以來，妳真的拚到不能再拚了。我懂，我明白妳承受了多少的忍耐。」

喉嚨咕嘟了一響，幾拍之後，才驚覺到那是自己發出的聲音，我在無意識之中嚥了口水。

少瞧不起人了！要是換做平常的我，應該會這麼想。妳懂個屁！別以為同情一下，就算是拯救了別人！我應該可以這麼撂話，當場起身離開。

然而不知為何，視野開始汪成一片，淚線鬆弛，雙眼灼熱了起來。

「妳真的很努力了。」

一部分的我，想要依靠上去，抱住如此微笑的宇宙大師，大概是因為她的聲帶發出的沉靜嗓音。她顯然可疑到家，但我一半的內心卻也開始想：**就算這樣又有何妨？如果能讓明天活得更容易一些，受騙上當又能說是不幸嗎？**

「欸，也跟我聊一下吧！」

喀！旁邊傳來一道刺耳的聲響，是江永放下的手環敲在玻璃桌面的聲音。

瞬間，我回過神來，甚至忘了要呼吸。

「妳覺得我這人怎麼樣？」

「江永同學，妳太沒禮貌了。」木村憤慨地斥責道。

「沒關係的。」大師笑著搖了搖頭，老神在在地說：「妳這孩子看起來就像隻刺蝟，其實非常纖細，卻為了隱藏這一點，對身邊的人擺出叛逆的態度。妳一定是個好心腸的孩子，能為了別人，出於正義感而行動。」

「不不不，錯得離譜，我是眾所公認的人渣吔！」

「真的是這樣嗎？」

「啊！難道妳要說，是從我的氣場看出來的？」

「從妳的言行就可以看出來了。妳陪朋友一起來，就證明妳會關心別人。」

宇宙大師「呵呵」一笑，臉上的笑意更深了。

江永頓時沉默了片刻，雖然光線昏暗，看不太出來，但江永的臉泛紅了。被說中要點，讓她在那瞬間畏縮了。

「妳很煩惱，妳比任何人都強烈地思考自己生下來的意義。」

「那宇宙大師知道嗎？知道我出生在這個世界的理由。」

「是為了被愛。」宇宙大師立刻給出回應。

「哈！」江永的口中迸出乾澀的弄嘲。「被愛？被誰愛？過去分手的一堆前任中的其中一位嗎？」

「妳的話，是家人。」

「家人！」

江永誇張地晃動著肩膀，像要強調話語中的嘲笑，她用力揮著手，一次又一次，彷彿在告訴自己：**聽妳在鬼扯！**

宇宙大師沒有疾言厲色，只是沉靜地繼續說下去。

「父母都是愛著孩子的，只是有時候無法好好地表達。因為孩子都是自己挑選父母，誕生在這個世界的。」

「妳真的是滿口唬爛。」

「就是心裡有數，妳才會過度反應。看吧！妳果然很像刺蝟，為了保護自己脆弱的部分，才會像那樣變得過度攻擊。在妳的人生當中，應該也有許多人愛過妳。妳其實是被愛的。」

「我要的救贖不是這個！」江永用力跺地，故意製造聲響站了起來，她俯視依然坐著的宇宙大師，冷冷地啐道：「我要的是不用被愛，也能幸福地活下去。很好啊！

沒有人愛沒關係。非要有人來愛不可，這根本就是詛咒。宇宙大師，妳大錯特錯。」

「幸福不需要別人的同意。只要去愛，幸福自然就會水到渠成。」

「那是強者的理論，像妳這種從別人身上榨取愛的人，或許不懂吧！」

「江永同學！」木村大聲制止。

幾乎同時，響徹四下的激烈敲門聲響起，讓室內所有的人都定住了。

回過頭的江永，嘴唇扭曲到不能再醜陋，她的唇角就這麼勾起，大步走近門口。

「用妳那套狗屁理論，跟她說說看啊！」

江永說完，打開鎖上的門，連滾帶爬地撲進室內的，是年紀和宇宙大師差不多的婦人。跟在婦人身後的，是剛才在一起的讀書會成員，正拚命設法制止她。

「媽，妳怎麼會在這裡！」

木村愕然地瞠目結舌，聲音幾乎就像慘叫。

木村的母親默默地抓住女兒的手臂，就要將她拖出去。

「木村媽媽，等一下。」虹川慌了手腳，連忙追上去。「木村同學是懷著進取向上的心態，來參加這個讀書會……」

「待在這種地方，小寶的靈魂會爛掉！」

尖厲的叫聲讓虹川瑟縮了。

木村的母親兩眼充血地瞪了周圍一圈，接著更用力地拽住女兒的手臂。

「好痛！」木村大聲嚷叫道：「媽，等一下！等一下！」

「我才不等，趕快給我離開這裡。居然玩弄小寶的心，你們這群人真是惡劣到家。小寶，所以我才叫妳住在我管得到的地方。小寶太可愛了，要小心壞人才行。」

「妳怎麼會知道這裡？妳隨便翻我的房間？」

「不是，是妳朋友告訴我的，說妳被可疑的宗教團體騙了。」

「虧我那麼相信妳！妳居然向我媽告密！」

木村猛地轉頭面向我，厲聲指控，湧出雙眼的淚海激烈地翻騰。

看見木村咬緊牙關、五官扭曲的模樣，良心一陣疼痛，我卻不認為自己做錯了。

木村從一開始就被騙了，她不應該在這裡。

木村的母親右手緊抓著女兒，揮舞著手機，周圍的人對她投以忌憚三分的眼神。

「如果你們不讓我女兒退出這裡，我就報警，我是認真的。」

「妳有什麼權利這麼做！住手！我恨妳！妳出去啦！」
「妳的人生就是我的人生！我不准妳隨便搞砸自己！」
母親尖聲大喊，把女兒拖出門外。
「喏，我們也離開吧！」江永拍了拍茫然自失的我的背。
「嗯……」
「就是這樣，我們走囉！」
江永微微點頭，宇宙大師和虹川不發一語。看不出兩人內心在想什麼，表面上他們依然維持著友善的態度。
「啊！等一下。」
我對著正要快步離去的江永出聲，接著折回宇宙大師面前，解開手環金屬扣，放到玻璃桌上。我深吸了一口氣，是線香神祕的甜香，這裡的人，都拚命讓自己染上被給予的氣味。
「這還是還給你們。」
「妳可以收下的。」

虹川語帶嘆息地說，聲音中沒有絲毫怒意，讓我有種類似寂寞的感受。

這種反應讓人看得出來，他早已習慣這種突發狀況。對木村來說，這裡是她唯一的歸宿，但對他們來說，木村卻不是獨一無二的。

「祝福妳今晚睡得香甜。」宇宙大師平靜地對我微笑。

我轉身背對她，逃之夭夭地追上江永。

一個疏忽，就想要投奔大師的懷抱，這樣的自己讓我感到害怕。

推開半掩的門，脫離充斥線香味的房間。一來到走廊，先前那樣溫柔的信徒們，現下的眼神都像利針，他們挨在一起竊竊私語，彷彿決定把我當成不存在的人。

「木村同學真可憐。」

「她來到這裡之後，才總算有了幸福的笑容。」

江永完全不理他們，滿不在乎地滑手機。信徒顯然對江永懷有敵意，卻也沒有明目張膽地指責。或許是這裡的規矩，讓他們背負著必須對別人溫柔的義務。

我假裝什麼都沒聽見，拍了拍站在玄關前的江永的肩膀。

「抱歉，讓妳久等了。」

「木村媽媽在等。」

江永以如常的悠哉口氣說著，她手中的手機螢幕顯示著這裡的定位。

＊＊＊

木村的母親開的車是五人座。

木村鬧脾氣地坐進副駕駛座，我和江永並坐在後車座。我用手指摸著安全帶，望著向後飛逝的窗外景色，通透的藍天邊角，雲團正滾滾膨脹起來。我微微瞇眼心想：或許會下雨。

木村的母親今早從九州搭飛機趕來，立刻租了車，一直在我們會合的車站附近伺機而動，因為木村不肯事先告訴我們讀書會的資訊。

「既然要做，就要先做好保險。」

決定在木村介紹下去見宇宙大師的那個晚上，江永如此說道。

江永要我把木村母親的手機號碼告訴她，她直接去電給木村的母親，說明木村加入讀書會，以及那個讀書會有不好的傳聞。

今天江永一直滑手機連絡的對象，就是木村的母親。由於木村不肯事先告訴我們讀書會地點，有必要在查到會場後，立刻通知木村的母親。

被逼著上車的木村，一開始的三十分鐘整個人發癲抓狂，她大哭大鬧，不堪入耳地痛罵著我們和她母親。母親溫柔地應聲，我沉默不語，江永在玩手機益智遊戲。

可能是氣累了，後來木村安靜下來，車子裡只聽到吸鼻涕聲，從半途開始，那聲音也被車聲蓋過了。

「宮田同學、江永同學，真的謝謝妳們。多虧了妳們，我才能救出小寶。」

木村的母親從後照鏡看著我們，她化著淡妝，是一張易於親近的面容。

「哪裡，不會，用不著道謝。」

我一面回答，一面膽戰心驚地偷看前座。木村悶不吭聲。

「我從以前就覺得小寶很不安全。然而，小寶答應我會好好專心讀書，我也就選擇相信她。看來還是不行呢！我會要她退學，回到家裡來。」

「要她退學？」

木村現在是大二，已經拿到不少學分了，卻要她退學，不會太霸道了嗎？

前方號誌轉成了紅燈。木村的母親握著方向盤，一副理所當然的表情。

「因為讓她一個人住太危險了。回來家裡，往後小寶也比較放心。」

「可是，木村同學還有在這裡的生活……」

「如果這對小寶有不好的影響，立刻排除這些壞因素，才是做父母的職責。再說，她的學費和生活費都是我幫她付的，我不能放縱她這樣任性。」

木村的母親深深嘆著氣說道。

這時，傳來衣物的摩擦聲，只見木村坐直起來，指著窗外。她指的地方是一座單調的公園，雖然有長椅和玩沙區，但遊樂器材全部封鎖了，攀爬架掛著一塊塑膠板，寫著：**禁止使用**。

「媽，可以在公園停一下嗎？我有話跟宮田同學說。」

突然被指名，我心裡打了個突。

「不行，我們要直接回家，我也跟妳爸說好了。」木村母親搖頭。

「我會退學，搬回家裡，所以讓我跟宮田同學說一下話就好了。」

「又在任性……」

「好啦——拜託啦——媽媽。」

「媽媽」這個疊字，聽起來帶著撒嬌。這個叫法，應該是木村最強的殺手鐧吧！

母親沉默著似在猶豫，片刻後，從後照鏡看我。

「宮田同學，可以嗎？」

「我，我是沒問題……」

「那，只能十五分鐘喔！」

母親說著，把車停到路邊，打了警示燈後，解開安全帶。

「媽和江永同學在這裡等。」木村說。

「我也在這裡等？」江永反問。

「我想和宮田同學單獨說話。」

被挑明了牽制，江永放下要解安全帶的手。我下了車，跟隨走向公園的木村。

時間已經超過晚上六點了，儘管是夏季，天色卻已逐漸暗了下來。視野中的空氣，是帶有夜晚氣息的深藍。

木村在沙坑前停下腳步，倏地轉回頭。縮短距離總讓我感到顧忌，我當場停下腳步，是不遠也不近、不上不下的位置。

「妳從一開始就打算這麼做嗎？」

木村揉了揉哭腫的眼眸，靜靜地開口。

「這麼做……？」

「妳叫我帶妳去見宇宙大師，就是為了告訴我媽，故意害我痛苦，是吧！」

「那是……因為妳分明是被騙了……」

「我知道我被騙了！」

木村交握手指，額頭抵了上去，黑髮垂蓋下來，看不見她的表情。

帶著濕氣的泥土氣味，微微撩撥著鼻腔，陣雨的氣息正逐步逼近。我垂下頭，吐出來的氣，摻雜著些許剛才喝的梅子蘇打香氣。

「就算被騙也沒關係，對我來說，那裡是我唯一可以做我自己的地方。」

「可是妳被騙錢了啊！」

「錢錢錢，宮田同學開口閉口就是錢！」木村啐道，緊咬著下唇。

颳過的風用力搖晃恣意生長的矮木，汽車廢氣的臭味刺激鼻腔。

木村的聲音在顫抖，我的目光被她慢慢抬起雙眸吸了過去，淚膜晃漾著。

「妳是不會懂的。因為妳生長在普通的，平凡的，幸福的家庭裡！」

木村吶喊的話在耳底迴響。

妳居然說這種話？妳這種程度的不幸傢伙，竟然輕易地說我是幸福的？

「妳那是什麼話？」

「妳不知道她是怎麼支配我的，也不知道她是如何在折磨我。明明什麼都不知道，卻擺出一副我是好意的嘴臉，把我的人生整個毀了！」

「想要自由，妳就該憑自己的力量離開家裡吧？打工賺錢是為了送給宇宙大師，妳這根本只是在吸父母的血。生活費、房租、學費都要家裡幫妳出，談什麼自由！」

「吵死了！妳這種人絕對不瞭解我的感受！絕對，不可能！」

木村猛地把手插進肩上的托特包裡，下一秒，我的眼角餘光捕捉到銀色的反光物。木村往前一跨，以前傾姿勢伸手刺過來。

尖銳的光、銀色的刀刃，還沒理解到那是什麼，我的身體就先反應了。

不想死！本能在吶喊，身體如彈簧般自己往後跳。上一刻還在的位置，被木村毫不猶豫刺出的手刺中。她手上抓的，是一把紅色柄的剪刀。

我反射性地把自己的包包砸向木村，她踉蹌放下手，我趁機一腳踹過去。拚命亂踹的腳踢中木村的大腿，她就這樣倒地。撞擊讓她的眼鏡彈得老遠，我騎到她身上，粗魯地搶下剪刀，木村的眼底閃過恐懼。

「妳要殺我？」

我知道木村的喉嚨在顫動，沙啞的聲音、粗淺的呼吸，反覆的喘氣聲是自己的還是木村的，我無法區別。心跳聲貼在耳膜上，怦怦怦的吵死了。

僵硬的肩膀漸漸放鬆下來，鋪天蓋地而來的，是無法招架的無力感，明明我是想要拯救木村的。

「我不會殺妳。」我說。

「我想殺了妳。」

「現在還是嗎？」

「現在……」

木村的嘴張開一半僵住，半晌後，就這樣靜靜地合攏起來，眼角流下的淚水無聲無息地被吸入地面。

我把剪刀收進自己的包包裡，慢慢地站起身，俯視著沾滿沙子的她的頭髮。明明再也沒有任何東西將木村壓制在地，她卻沒有移動。

「妳真的很幸運了，只是妳沒有發現而已。」

「………」

「我的人生不是妳所想像的那樣。這種程度的不幸就自暴自棄，太糟蹋了。」

木村抬起右臂掩住雙眸，她仰躺在地，只有一邊唇角微微勾起。

「妳就是這樣，用是不是比自己不幸當尺度，不斷地攻擊別人，完全沒有自覺到自己說的話有多殘忍。」

「什麼意思？」

「不幸又不是可以跟別人比較的。如果我沒有比妳不幸，就沒有資格埋怨了嗎？每個人都在忍耐，每個人都在努力，所以怎樣？我也在忍耐，我也在努力啊！」

「就算是這樣……」

「我早就知道了，妳一直很瞧不起我。」

木村挪開右手只露出左眼，橫恆其中的冷徹情感，讓我感到背脊一陣戰慄。

「相信妳，是我自己太笨，從一開始就根本不該信任妳。我真的太蠢了！白痴，我是大笨蛋！」

木村喃喃自語著，聲音愈來愈微弱，最後被嗚咽所取代。啜泣之間，是「太過分了」的怨懟。

她躺在地上模樣，實在是太孱弱了。我伸出去的右手掌，可以包住木村的全身。我利用遠近法的魔術，緊緊地捏住右手，只在視野中將木村的存在捏碎。

「我要走了。」我說。

木村沒有反應。老實說，我原本還有些期待，會不會我一轉身，木村就撲向我的背後。然而，不管我走掉多遠，背後都沒有腳步聲傳來，木村依舊沒站起來。

我離開了公園，走向停在路邊的車。木村母親在車中講手機，江永還在玩手遊。

我敲了幾下後車座車窗，硬是把江永叫下車。

「怎樣？」江永蹙眉下了車。

「我們先回去了。」

我抓住江永的手臂，向木村母親道別，她連忙想要下車，但我和江永先跑了。

我只想盡快跟這對母女切斷關係。

「所以就勸妳別多事了。」

一回家，江永就在地毯躺了下來。

後來木村的母親打了好幾次電話來，我直接將她封鎖了。木村後來怎麼樣，我不清楚。或許她和母親一起回去九州，也有可能就那樣逃離母親。

不過，最後木村一定會選擇和母親一起住。在我心中，這是近似確信的預感。無論如何，木村都無法自食其力，嘴上吶喊渴望自由，卻想主動跳進某人的牢籠。

「說起來，木村會把我們帶去那裡，也是因為有類似介紹者福利的東西吧？這表示木村從一開始就陷陷陷陷到拔不出來了啦！」

「陷陷陷陷什麼東西？」

「不知道，剛想到的形容詞。倒是妳，完全被那個世界觀吸進去了吔！要不是我在，妳也被騙去了。」

「才沒有。」

「明明就有！而且妳還一個人跑回來。結果妳跟木村說了什麼？」

我把腳伸進暖桌，將剪刀放到桌上。那是剪掉手環卡片時，木村借我們的剪刀。

「她拿這個刺我。」

「真假？幹麼不報警抓她？」

「總覺得，不想再跟她有半點瓜葛了。」

「說的也是。」

啊哈哈！江永拍打著暖桌，誇張地笑著。

「現在我明白了。要像江永妳這樣幫忙別人，實在很難。」

結果今天一整天，我是白忙一場。不但沒有幫到木村，也沒能摧毀可疑組織，只是窺見了一點點陌生的世界，覺得好像很累人，就這樣結束。

事不關己，高高掛起。木村大概看透了這一點。

「我說妳啊，木村要有什麼反應，妳才會滿意？」

「咦？」

「因為坦白說，根本就可以預料到會是這樣的結果吧？」江永說著，挺起了身體，直直地看著我。她隨手亂撥一頭金髮，語帶冷哼地說：「妳是想要木村感謝妳？還是想要她說：『謝謝妳宮田同學！我會洗心革面！』」

「也不是這樣……」

如果說我不期待這樣的收場，那是騙人的，我大概是希望木村惡狠狠地受到教訓。想要把她錯得離譜的事實擺在她眼前，並折斷她的心，然後對著懺悔改過的木村，大喊：妳不是還有母親嗎？

「我是很氣木村呢……」

「同類相斥？」

「可能吧！」

我和木村大概在壞的方向十分相似，覺得只有自己不幸、很可憐，對於自己以外的人，打從心底不在乎。

而我會想要和她扯上關係，完全是出於一己之私；向不願被拯救的人伸出援手，結果被惡狠狠地甩開。今天發生的事，就只是這樣罷了。

「木村她自己也是被逼到甚至去求神問卜了吧！那個母親不管怎麼看都很猛。」

「這我也知道。」

「就算知道，還是氣她嗎？」

「……木村說她很不幸，這也讓我生氣，覺得『比起妳，我痛苦多了好嗎？』」

「這就是不幸成癮啦！客倌。要是想跟人家拚不幸，最後就會變成想要讓自己變得更不幸。」

江永搞笑地說完，站起身來，累壞的我把下巴擱在暖桌上。不一會兒，兩只杯子和一瓶可爾必思擺到眼前。從廚房回到飯廳的江永，又把另一個我看過的保特瓶放到我面前，那是深藍色的包裝，中央只印刷著一個銀色的圓。

「這不是淨化水嗎？」

聽到我的話，江永耍寶地聳聳肩。

「機會難得，暗槓回來的，反正那邊一大堆。」

「妳喝喝看。」

在滿懷好奇的我注視下，江永一把抓起直接就口喝，她的喉嚨咕嘟咕嘟地響。

「怎麼樣？」

「唔，普通。就水。」

「有三千圓的味道嗎？」

「嗯……這麼說來，好像有點深奧。」

「聽妳在唬爛。」

我們對望一眼，哈哈大笑了起來。

江永往透明水杯裡倒水，再注入可爾必思，黏膩的原液融入透明的水中化開來。

我用指腹輕撫變得不透明的玻璃杯，被封閉在杯中的顏色，純白到令人害怕。

03 祈禱，或是自私

【秋】

九月算是秋天嗎？還是夏天？

我一邊將超商貨架上地瓜口味的新商品重新擺好，一邊漫不經心地思考。

九月十五日，對大學生來說，還是暑假期間。如果有人問我這段長假做了什麼？我只能說在打工。除了平常的超商打工以外，也去遊樂園櫃台和開幕紀念特賣會收銀打了短期工，因此現在我的荷包滿到快要爆開了。

「木村同學現在不曉得在做什麼？」

收銀櫃台深處，堀口無聊地大打哈欠。

時間是凌晨兩點二十七分。還是老樣子，我常在大夜班和堀口一起。

「怎麼突然問這個？」

「因為她不是突然辭掉打工嗎？我聽說她連大學都不唸了。」

「應該有什麼理由吧！」

「她不是妳介紹的嗎？妳一定知道內幕。」

「我哪知道？」

貨架上只有熱銷商品的地方缺了一塊，我拉好排面，讓商品架賞心悅目。進貨時間是早、午、傍晚三次，必須掩飾缺貨的部分，直到補貨為止。

「小宮妳還滿神祕的呢！什麼都不肯透露。哪像我，對妳毫無保留。」

「學長只是自己愛說罷了。」

「不過我的話，還有很多沒有透露的地方喔！」

「我並不想知道。」

「少來了，明明很好奇，對吧？」

我不理撫掌大笑的堀口，徑自取出掃把，將貨架角落的沙子灰塵掃出來，接著再拖地。店內不脫鞋，打掃方式沒辦法像住家那樣，必須在乾燥的狀態將沙土集中，否則濕拖布一拖下去，會是一場大災難。

我邊拖地邊看向窗外，等間隔並排的路燈朦朧地照亮人行道。這麼說來，來上班的路上，我看到灌木叢的葉子變黃了，看來太強的燈光會曬死葉子。

「對了，我拿到奧運門票了。」

「新聞說，追加抽籤的結果出來了呢！是什麼比賽的票？」

「現代五項[7]和滑板。」

「現代五項是什麼？」

「不知道，隨便登記的。」

隨著二〇二〇年接近，媒體也開始磨拳擦掌，最近經常看到東奧的廣告和新聞。看見電視畫面裡一群人歡樂的樣子，就忍不住嘲諷地覺得與自己無關。要是不順利還比較好玩，乖僻的性情讓我忍不住妄想起來——

某天冒出一頭巨大的怪獸，一腳踩爛完工的競技場。世界秩序崩壞，平時道貌岸然的傢伙們頓時變得像無頭蒼蠅。沒有東西可以失去的人，則對著怪獸大喊太棒了。而我在房間角落，透過螢幕看著日漸崩壞的世界。

全世界的人若都變得不幸，我一定能比現在更加肯定自己活在世上的價值。當然，我明白這都是可笑的幻想，也早知道不會發生這種事。

二〇二〇年東奧會結束之後，舉行前的各種風風雨雨，也會就這樣無疾而終。因為人對感動沒有抵抗力，事過境遷，就會忘掉許多事。我知道一定會這樣的，只不過在理智上，就算是如此，我依然不打算停止妄念。

「學長對奧運有興趣喔？有點意外。」

「不是，是我女友說想看。」

「可是你們撐得到奧運那天嗎？」

「唔，要是吹了，就跟下一任一起去就行了。」堀口咧嘴笑道。

自從來這裡打工，堀口已經換了幾任女朋友？我也懶得打開這個話題，選擇刻

注7：現代五項，是一種包含射擊、擊劍、游泳、馬術和跑步等多項目運動。

意忽略他的話。

「遇到地震還是颱風，奧運要怎麼辦？延期嗎？」

「不不不，奧運不可能延期啦！沒問題的。」

堀口大笑說道，我輕咬下唇。

堀口的樂觀主義是他的事，實際真的遇上這類問題時，有什麼方案嗎？要是國家高層的思考水準跟堀口一樣，那就太可怕了。

「我怕的是二〇二〇以後呢！不曉得世界會變成什麼樣。」堀口說。

「不會怎樣吧？雖然會有筵席散去的惆悵感，日常還是會持續下去啊！」

「可是不是說，奧運之後就會陷入不景氣嗎？」

「要是不景氣，這家超商感覺會倒閉吔！業績一直不好，店長很擔心呢！」

「咦，就算倒閉，也是開超商的人自己的錯吧？各人造業各人擔啊！」

對這不負責任的言論，比起生氣，我更覺得傻眼。我抓住沾濕的拖把，在掃乾淨的地板上開始拖了起來，抹濕的地面模糊地倒映出我的身影。

「不景氣是各人的責任嗎？」

「也不是，是沒有為不景氣做準備的人自己的錯。」

「學長真是天下無敵。」

「什麼意思？」

「照你那種理論，百分之百可以批判對方。」

堀口聞言假惺惺地露齒而笑，用節骨分明的手亂搔了一陣自己的金髮。不久前，頭髮還很長的他，在八月左右剪短了，我想起他炫耀是當美髮設計師的女友剪的。

「小宮，妳很討厭我說是各人責任，對吧？每次我說這種話，妳就會擺臭臉。」

被發現了？我無意識地拉過拖把，還以為堀口那麼笨，不會覺察到。

「我到覺得到處找藉口的人很不可取。像我，不管怎麼樣，總是自力拚到這一步了，因為我父母都不支持我啊！喏，我一直活在超級階級社會裡，只因為擁有一個優秀的弟弟。」

「這我之前聽過了。」

「妳是獨生女，或許不會懂，可是會差別對待小孩的父母，真的很爛吔！我弟他啊，長得超帥，從出生就很可愛，顏值跟我是天差地遠。就算父母沒那個意思，小孩還是感受得到：啊！他們一定比較喜歡弟弟。」

堀口用食指捲起瀏海，輕聲自嘲。那是一種軟弱的笑，應該是想要引人同情。他也是用這招讓木村敞開心房嗎？一想到這裡，對他的關心便萎靡了。

「我爸媽讓我弟上超菁英的補習班，我卻什麼都沒有。我因為腦子不好，只能靠自己，所以一個人努力唸書，現在像這樣成了大學生。我沒上過補習班，也沒有家教，全是靠自己的力量。」

「我記得學長說過，你從小學就讀我們大學的附小。你是內部直升班的吧？」

「所以囉！我就是這樣拚命唸書，靠著自己的力量維持成績，才有辦法一路升到大學啊！」

「啊，是喔！」

堀口對自己的標準真是太寬鬆了，或許這就是他對任何事都能用一句「各人的責任」冷酷的切割。

自以為吃過苦的自負，讓他苛責陌生的他人。想到這裡，我倒抽了一口氣。對堀口的批判，也完全適用在我身上。

陡然間，躺在公園的木村冰冷的眼神重回腦中——沾上白色沙子的黑髮、融入空氣的線香味，以及那天木村對我說：「我早就知道了。」

「妳好像有話想說？」

堀口的聲音讓我猛地回神，我連忙搖頭掩飾。

「沒有，只是覺得學長果然過得很爽。」

「哪裡爽了？說起來，我認為父母有義務要愛小孩好嗎？因為小孩沒辦法選擇父母，那父母就應該要當小孩絕對的靠山才對啊！」

「父母也沒辦法選擇小孩啊！」

「明明是自己生的吔！」

「一個人的人格，不全是受到父母的影響。不管是小孩還是父母，都是不同人格的他人。」

「小宮，妳對父母完全沒有那種要利用的心態呢！與其被他們逼迫，倒不如反過來壓榨他們才對，妳應該好好榨取父母。」

「榨取父母……」

我輕聲喃喃道，這是我活到這個歲數，從來都沒有過的念頭。

「我就是懷著這種高遠的抱負向父母要錢。」堀口得意地伸出下巴。「小時候我被他們折磨得那麼苦，這點補償也是應該的。這個世界可是弱肉強食啊！」

「就是有你這種人，才會到處都是血汗公司。」

「要這樣講，這就是資本主義不是嗎？」

「是嗎？我覺得血汗公司就像是開外掛吧！就是有不守規矩的玩家，遊戲才會被毀掉。」

「什麼叫開外掛？」

「就是作弊啦！」

「說到這個，選舉投票的時候，有時候會看到舞弊新聞呢！像是去投票的人數跟開出來的票數不一樣，或是一千五百票算到別的黨去。哎唷！看到那新聞時，我真的都傻眼了，覺得民主主義已死，選舉還能相信嗎？真是爛透了！啊，這個國家沒有未來了！」

露出制服襯衫堀口，大搖其頭，哀聲嘆氣，喉結慢慢地上下滾動。

他這口頭禪讓我微微揚眉。

「學長老愛談政治，你平常就這樣嗎？」

「平常？」

「跟大學朋友在一起的時候啊！」

「一樣啊！哦，也是有人討厭政治話題啦！可是我覺得無法談論政治的社會，更讓人噁心。」

「學長將來去從政如何？」

聽到我的諷刺，堀口難得轉為一臉嚴肅，細小的瞳眸深處略縮。

「我覺得像妳那樣，把氣氛搞到好像不可以輕鬆談政治的人，是最卑鄙的。政治就是我們的事吧？不可以當成事不關己。」

「確實如此呢！抱歉。」

我口中道歉，用指頭抹了抹自己的右頰，以掩飾尷尬。

堀口有時會說出非常有道理的話，中間的落差總是讓我無所適從。堀口若永遠都自相矛盾地胡言亂語，只要不理他就行了。不過，他會輪流吐出可以同意和無法同意的言論，搞得我不知該如何看待他才好。

「以前有段時期，我真的認真考慮過從政，現在已死了這條心啦！」

「幸好學長放棄了，真是國家之幸。」

「我怎麼覺得好像被嘲笑了？」

堀口輕捏著自己的鼻樑，雖然說得不服氣，但嘴角微揚。

「話說回來，學長畢業以後要怎麼辦？找工作嗎？」

「不不不，我要幫忙家業。」

「什麼？」

聲音不由得走了調，我停下拖地的手，目不轉睛地盯著堀口的臉。

「什麼意思？」

「咦？我沒說過嗎？我家是開餐廳和活動會館的。規模不小，大概有十五家分店。我畢業以後，應該會去幫忙經營吧！雖然繼承的是我弟。」

「不是，呃，學長的話簡直沒有邏輯。」

「哪裡沒邏輯？」

「你哪有臉說超商倒閉是店長自己的責任？」

「咦？選擇開超商的是店長自己，要是收益不好，店收掉就是了啊！沒工作的話，可以自己創業；討厭現在的工作，別做就好了。我最痛恨的就是不想改變現狀，卻又滿口怨言的人。」

說得理直氣壯、振振有詞，這就是堀口可怕之處。他的觀點永遠是強者角度，卻深信自己是弱者。我真覺得他這人爛透了，但做為生物，或許他才是最強的。只要撇開自己不談，應該有很多問題都能視而不見，這種自私自利的傢伙最適合活下去。

希望堀口家的排水管全部被頭髮塞住！我今天也對堀口做出毫無殺傷力的詛咒，不管相處再久，我還是無法喜歡上他這個人。

「學長沒有想過，萬一自己家的事業失敗的狀況嗎？」

「不會啦！怎麼可能！店鋪都分散到地方都市去了，就算遇到地震也不怕。這年頭沒什麼事是無法防範的，現在是令和時代，已經快二〇二〇年了吔！」

「那，萬一隕石掉下來怎麼辦？」

「這種大災難擔心也沒用吧？反正到時妳跟我都會一起被砸死。阿彌陀佛！」

堀口說完，以誇張的動作在胸前合掌，還搞笑地自帶音效發出敲鐘的「叮」一聲。**他放棄從政，真的太好了。**

「歡迎光臨！」

自動門打開的瞬間，招呼聲反射性地脫口而出。

在深夜光臨的是一對年輕男女，站在酒區前面，開心地嘰嘰呱呱。我靠到通道角落，免得打擾。

客人上門的瞬間，我和堀口就會停止閒聊。我忽然想到，如果這家超商在深夜也生意興隆，我對堀口應該就不會瞭解這麼深吧？不論好壞，堀口這個人都對我造成了影響，與他交談，這個世界的解析度就提高一些。

兩名男女在酒區待了五分鐘，考慮了老半天後，購物籃裡放進五罐酒。接著又挑了幾樣下酒零食，總算前來結帳。機械播出一如往常的廣播：〈**此項商品需要確認年齡，請按螢幕確認鍵。**〉

「不好意思，請出示證件。」

堀口流暢地說出規定的句子。

翻找錢包的女子害羞地遞出駕照，堀口接過去一看，表情亮了起來。

「今天是客人生日呢！生日快樂。」

女子發出類似「嘿嘿」或「呵呵」的笑聲，將駕照收回錢包；男子說著「太好了」，接過塑膠袋。兩人幸福地看著彼此，走出深夜的超商。

玻璃牆外的背影完全消失後，我靠近收銀櫃台。

「那個人今天生日嗎？」

「嗯，看起來好清純。對了，小宮也是今年滿二十，那妳生日是何時？」

「九月二十一。」

「咦，不就是下星期嗎？那天妳也有排班，對吧？」

「嗯，生日也就是這樣啊！」

「不不不，不行啦！要好好慶祝一下！那天我幫妳代班。」

堀口單方面地說完，急急忙忙地滑起手機，應該是在連絡店長。就算我說：「不用啦！」他也不會聽的。

對堀口來說，生日應該是非常特別的日子吧！**我的出生，真的是受到祝福的**

嗎？生日快樂……我不太喜歡這句祝福，會忍不住想咒罵：快樂個屁！

「小宮是女生，要特別重視紀念日啊！」

自信十足如此斷定的堀口，真教人受不了，他大概覺得自己做了善事。

「這樣說的話，男生也一樣啊！」

「嗯？那當然啦！所以我都會盛大慶祝自己的生日。」

「啊，是喔！」

「總之，那天我幫妳代班。」堀口一臉得意地說：「好不容易滿二十，要好好珍惜那一天。」

我含糊地「喔……」了一聲，一點都不感激，卻也懶得說出口。

＊＊＊

下班回家時，房間整個是暗的。

昨天的最高氣溫超過三十度，這個家的暖桌還是沒有收起來。

我小心不吵醒正在睡覺的江永，迅速沖了澡，頭髮隨便用毛巾包起來。

這麼說來，搬進江永的住處後，還沒有去剪過頭髮。我捏起變長的髮稍，找到分岔，褪成褐色的頭髮分成兩股，再分成兩股。我從小物盒裡抽出修眉剪，左手捏起一根頭髮，從髮根剪斷。對髮質受損不關心的話，不管惡化到什麼程度都不會發現。

即便不想看，還是隨手打開了電視，結果音量比想像中的更大，我反射性地按下靜音鍵。畫面中宣告早晨到來的主播，笑著揮手道早安。

——東京二〇二〇奧運官方夥伴。

一個接著一個的廣告，不停地顯示相同的標語。運動選手手持商品在說話，由於按了靜音，什麼都聽不見。

我只是怔怔地看著無聲的電視，其實也不算看，映入視野的資訊完全沒有殘留在腦中。明明眼睛應該追著色彩繽紛的影像跑，不知不覺意識被思緒占據了。

第一次打工犯錯那天、搞砸的事、小學的糗事、高中的誤會、丟臉的瞬間、自己討厭到不行的地方……過去的種種碎片，總是充滿記憶抽屜的最上層，只要稍不留神，就會在瞬間爆發，折磨現在的我。

我小心頂著頭上的毛巾，站了起來，走進浴室，鎖上門，然後一屁股坐到馬桶上。因為是衛浴間，一旁垂著我剛淋浴完的濕簾子。我伸手抓起廁所芳香劑，揍到鼻子上，用力深吸了一口，清爽的茅草香直達肺底，清爽中帶有酸味，讓人陶醉的香。

我感受到不斷朝壞方向跌落的思考速度，逐漸放緩了，淺急的呼吸平順下來，頭腦也漸漸變得清明。

喀啦喀啦！眼前的門把突然轉動起來，我僵在馬桶上。門把繼續喀啦喀啦震動，下一秒，門外傳來呻吟聲：「啊……」是江永還沒睡醒的聲音。

「宮田，妳又關在廁所了？」

「抱歉抱歉，我這就出來了。」

我連忙把芳香劑放回原位，離開浴室。

一身運動服的江永接著進入浴室，三十秒後，傳來沖水聲。

「妳在那裡幹麼？」

「發呆。」

走出浴室的江永看到杵在門前的我，一臉訝異地問道。

「是喔？妳不睡覺？」

「就要睡了。」

「對了，飯廳的芳香劑，我剛才不小心弄倒，但我擦過了。」

「怎樣才會不小心弄倒？」

「我還沒睡醒，手插進架子上，就這樣『鏘！』妳應該是不會在意啦！不過要是還有味道，再用濕抹布擦一下。」

聽到江永的話，我轉頭看向飯廳。

我和江永住的地方，總共擺了五個芳香劑。玄關是薰衣草，廚房是活性炭，我房間是薄荷，飯廳是茉莉花，廁所是香茅。並沒有特別說哪個地方要擺什麼味道，只是希望不要重複，就變成這樣了。

「妳真的很喜歡芳香劑呢！」

「聞到很濃的味道，我就會很安心。」

「可是妳又討厭香水。」

「不是討厭香水，只是討厭擦太多。」

「那我的味道呢？我已經比以前少噴很多下了。」

「變得像樣一點了。」

「要說變好聞了啦！啊哈哈——。」

江永笑著拍我的背。

「我現在腦死狀態。」

我眨著黏滯的雙眼，無力地笑道。

「妳剛下大夜嘛！快點去睡吧！」

「就睡不著。」

「啊！那我做熱可爾必思給妳喝。」

江永說完，喜孜孜地轉身走進廚房。

最近江永迷上調熱飲，有時是熱可爾必思，有時是熱牛奶，或是熱紅酒。時而做給自己，時而也會幫我準備，她似乎覺得用鍋子熱飲料的時光很愉快。

江永在特調飲料時，我在地墊盤腿坐下，臉頰貼在暖桌上，就這樣閉上眼睛。

不一會兒，耳邊傳來瓦斯爐「卡嚓卡嚓」的轉動聲，然後是牛奶被倒進鍋中的聲音，沒多久，牛奶發出咕嘟嘟的沸騰聲，空氣中有一絲淡淡的甜香。

「今天妳跟堀口值班吧？怎麼樣？」

「普通。對了，他要幫我代下星期的班。」

「妳生日那天？」

「對。」

「那，我們在家慶祝吧？我想吃蛋糕。」

「妳不是每天都在吃？」

「不一樣好嗎？」

江永雙手各拿一個馬克杯，將其中一杯遞給我。是牛奶兌可爾必思，江永喜歡的配方。

她喝了一口自己的杯子，津津有味地瞇起雙眼：「嗯——」我也啜了一口，優格般的獨特甜味在口中慢慢擴散開來，溫暖的液體流過了喉嚨深處，在胃底製造出暖心的熱度。

「好好喝喔！謝謝。」

「不客氣。」

「最近妳時常做飲料給我，是什麼心情轉變？」

「之前妳調飲料給我時，我覺得好有女人味，就模仿了一下。」

「這什麼理由啦！」

「有人對自己好，不是很開心嗎？」江永的嘴唇綻出笑意。

我總覺得難為情，垂下頭去。

「睏了？」

「嗯……再一下就去睡。」

「我也來去睡回籠覺好了，反正今天也沒計畫。」

江永捲起運動服袖子，手肘撐在桌上。依舊無聲的電視機光芒，將她的側臉照得一片蒼白。

「暑假什麼都沒做呢！要是有加入社團，或許會過得更有意義一點。」

「不不不，現在也很有意義啊！」

「哪裡？」

「我們像這樣在一起。」江永嘴角賊賊地勾起，像是等人吐槽的表情，調侃地說：「感動了嗎？」

「如果妳不是那張『我在搞笑』的臉，或許會感動吧！」

「咦，什麼嘛！第一次有人這樣說我。」

「妳特別嗨的時候，都是那種表情。」

「妳自己明明也在賊笑。」

被江永一說，我這才發覺，雙手按住的臉頰，嘴角確實上揚了。

「倒是，江永妳不交男朋友嗎？」

「幹麼突然扯到這個？」

「因為我決定要是妳交到男朋友就搬出去，可是妳似乎沒有要交的樣子。」

「我已經有妳啦！」

「只要不是一個人，就不寂寞？」

「對啊！而且也不必用身體去留住對方，輕鬆……」

「動不動就講這種話。」

「如果是對男人，我就不知道除此之外要怎麼留住對方了嘛！」

江永喝光杯中物，做作地「噗哈」大吁一口氣。

我揉著睏倦的眼，把她的杯子拉過來。

「我拿去洗。」

「謝謝。」

我拿著兩個杯子，來到洗碗槽前，戴上橡皮手套，在海綿倒上洗碗精，接著擦洗馬克杯表面，沖乾淨。

房間裡一片靜默，卻並不讓人感到痛苦。江永雖然很聒噪，但也並非時時刻刻都說個不停。她沉默的時候，多半是在想事情，我愣怔地等著她下一句話。

「欸，要不要去水族館？」江永建議道。

「這麼突然。」

我關上水龍頭，回頭望向江永訝然說道。

「看著妳的背影，忽然想看魚。」

「因為我穿藍T恤？」

「可能吧！」

放好杯子，把濕答答的手按在擦手巾上。明明戴了橡膠手套，手掌卻散發出洗碗精的強烈柑橘味。我憋著湧上來的哈欠，以模糊的視野俯視江永，只見天真無邪的眼眸正直勾勾地凝睇著我。

「等我睡起來再說吧！」

「瞭。」

連「瞭解」這麼短的句子都要省略，江永歡快地舉起一手應答。

我再也抵擋不住睡魔，哈欠連連地投奔自己房間的被窩。多虧了熱可爾必思，讓我一覺香甜。

＊＊＊

用ＡＴＭ時，江永不會管手續費。就連提五千圓、一萬圓的小額，也都滿不在乎地使用超商ＡＴＭ。我則是連一圓都不想多付，所以一定都用銀行的ＡＴＭ。

補摺時，文字就會印刷在紙上，錢從〈日本學生支援機構〉和幾個打工地點匯進來。我提出四萬圓，放進預備的信封，是這個月的朋友費。

走出ＡＴＭ區，靠在牆上的江永表情倏地亮了起來。

太陽射出的強光，將向陽和背陰處畫分出界線。都已經九月了，仍然燠熱無比。

我揉著睡眠不足的眼睛，把信封遞向江永。

「這個月的。」

「多謝——。」

江永把信封揣進包包裡，重新戴好帽子，那好像是幾年前參加夏季音樂節的周邊商品。黑帽底下露出來的金髮反射著陽光，耀眼極了。

江永說想去水族館，是早上五點的時候，而現在時間是下午三點。可以出門似乎讓她非常開心，趁我睡覺時，卯起來擦指甲油及化妝。

「為什麼是水旅館？」

「說白了，水旅館根本不重要。總之，我就是想出門，想要打扮一下。」

「喔……」

不是有想去的地方所以打扮，而是想要打扮，所以挑一個想去的地方。這是我沒有的思維。

碩大的耳環、比自己的身材大上一整圈的T恤、刷破短褲、黑色運動鞋、濃豔的口紅、鑲滿整個眼眶的眼線。今天江永的世界觀太突出了，站在旁邊的我完全不搭調。不，這種情況，應該是我和江永格格不入吧！

「走唄！」

江永以大舌頭的語調說，有些靦腆地露齒而笑。這種語氣，是她的撒嬌表現。我隔著一層布按住口袋裡的提款卡，朝車站走去。

目的地的水族館，在搭電車約一小時的地方。

那是一幢缺乏娛樂元素、一看就虧損嚴重的小不拉機建築物。因為總是沒什麼遊客，所以江永很喜歡這裡。每次江永說要去水旅館時，幾乎都是指這裡，而這是我們第三次造訪。

「來拍照嘛！」

江永在生鏽的招牌前掏出手機，以熟練的動作拍了幾張自拍，反正一定是要修圖之後才上傳網路。

對江永來說，自拍是自己活著的記錄。把過去的人會寫在日記上的內容，透過「美照」這樣的濾鏡，以美化後的形式記錄在網路上。不過江永的自拍都會修到，必須說根本是另一個人的程度，但我喜歡她這種極端。她的主張是：只要可以讓自己覺得嗨，那不就好了嗎？

一踏進建築物，腥臭的氣味便撲鼻而來。完全不是現代新潮水旅館，不管是外觀或內部，都老舊過時。也許正在節約省電，燈開得比平常更少，陰暗的建築物裡播放著活潑的背景音樂。這種不搭軋，也是江永中意的點之一。

在售票機買了兩張門票，遞給櫃台。

布滿水槽玻璃的綠色污垢，不知是水藻還是發霉？

「包場！」

江永邊哼著歌，邊說道。

「不一定吧！」

我故意裝出傻眼的表情，要是在得意忘形胡鬧時遇到其他遊客，真的會糗到爆。

「啊！鰺魚。」

「看起來好好吃喔！晚餐吃鰺魚好了。」

「幹麼這樣講啦！」

「為什麼不行？」

「我從來沒殺過魚，就算看到活魚也不會想吃。」

「啊，或許會這樣喔！」

厚厚的玻璃另一頭，不知道是鰺魚還是沙丁魚在悠游。旁邊的牌子上，印刷著畫質很差的魚照片和說明——學名、棲息地、習性、其他……。文字平淡，絲毫感受不到要娛樂遊客的用心。

不過，我意外地喜歡這種硬派作風。江永甚至沒留意到牌子，她的注意力全放在水槽裡的生物。我輕觸玻璃表面，比起冰涼，更接近微溫。

「以前我和爸媽在附近的釣魚場釣過岩魚。」

尚未意識到思考之前，話語便自然地溜出口中，也許是魚獨特的腥味刺激了大腦中樞。

「岩魚是這個嗎？」

江永沒有看我，指著玻璃裡面問道。

躲藏似地潛伏在石間的灰色的魚，身體表面有斑點，小時候的我看到，對父親笑說魚穿著星星的衣服，因為當時我覺得很像夜空。當下父親似乎沒聽懂我的意思，只是含糊漫應。

記憶中的父親總是如此，遇到不懂的事、無法理解的事，也不會反問清楚，以為一切只要虛應故事，就能圓滿收場，並天真地相信這樣的自己是個好人。

「釣到三條，裝進像水桶的東西帶回家去……當準備要煮時，我爸跟我媽都說不會殺，還說太噁心了，不敢碰。」

「那幹麼帶回家啊？」

「兩人都以為對方會處理，然後回家後就吵起來，最後決定不吃了，暫時養在水桶裡。可是沒人餵餌，一下子就死掉了。」

「吃掉了嗎？」

「沒有，我媽當廚餘丟掉了。」

「我應該說好浪費嗎？還是好可憐？」

「說『嘿──』就好了。」

「嘿──。」

江永的食指隔著玻璃戳岩魚，金色的眼睛意興闌珊地看著我們。

「為什麼不會覺得小岩魚好可憐呢？要是小貓咪的話，就會覺得可憐。」

聽到我的問題，江永回頭看我。

「因為生命有高低之分吧？」

「又講這種恐怖的話。」

「明明就是啊！人類自己也有高低之分。在這個社會被當寶的人、被當垃圾的人，生下來的瞬間，就是階級社會了。」

江永往前走去，我悠哉地跟著她身後。整個狹小的水族館中，只有兩人的腳步聲迴響著。

「咚咚咚咚。」

「那什麼聲音？」

「我的心躍動的聲音。」

「心躍動的聲音，應該更輕快一點吧？」

「真假？那，滴答滴答滴答。」

「遜斃了。」

「幹麼恥笑人家。」

我喜歡和江永沒營養的閒聊，有一搭沒一搭的對話拋接。不必動腦，感覺只用大腦的外層在說話。

「妳怎麼會想來水族館？」

「也沒為什麼，就想感受一下大海。」

「這裡感覺得到大海嗎？」

「感覺得到，我還感受到生物的呼吸。」

「好壯闊的感想。」

「人家真實的感想吔！海這東西，光從外面看，不是不曉得裡面有什麼嗎？可是到水族館來，就會覺得：啊，原來海裡面是長這樣喔！很有趣啊！」

「海裡面真的是這個樣子嗎？」

「唔，不是也沒關係啦！就算是假的，有趣就好。」

江永爽朗地笑著，故意蹬著腳跟往前走。

褪了色的照片說明板上，印刷著巨螯蟹。江永看到巨螯蟹的腳，噘起了嘴。

「沒有肉可以吃嗎？」

「妳自己還不是在想吃？」我笑著調侃道。

愜意的時光滿盈在狹小的空間裡，細窄的通道、散發藍白光芒的水槽。末端枯萎的觀葉植物似乎聽到我們的對話，滑稽地扭動身體。設置在盆栽後方的空調，不斷地排出溫熱的風。

驀地，我想抓住江永動來動去的手，因為我覺得現在的話，或許不會對人的體溫感到嫌惡。只不過手伸了一半，又立刻縮了回來，因為掠過腦裡的，是死在水桶裡的岩魚。

年紀尚小的我，那天像平常一樣去看水桶，結果兩隻魚浮在水面上。水中剩下的一隻躲藏起來，我心想這樣下去，這隻也會死掉，必須救牠才行。出於天真無邪的善意，把手伸進水桶裡。

觸碰的瞬間，手掌感受到的是岩魚冰涼的觸感，軟軟爛爛的，還散發著水臭掉的味道。我雙手抓起岩魚，卻不知如何是好，就在我不知所措時，岩魚在我的手中，被我的體溫燙死了。看著那一動也不動的金色眼睛，我尖叫了一聲；明明本來都好好的，一化成死屍，手中的物體頓時讓我噁心到不行。

我把魚屍丟進水桶裡，跑去向廚房的母親求救。母親溫柔地摸了摸我的頭，將三隻魚塞進裝廚餘的塑膠袋裡。這段期間我哭個不停，不是為了魚死掉而傷心，而是我的手竟毀掉了一條生命，這讓我無比地駭懼。

都已經是十年以前的事了，當時的觸感卻鮮明地殘留在掌心。如果這裡有芳香劑就好了。想到這裡，我不禁握緊自己的手。要是有芳香劑，就可以用清爽的香氣蓋過彌漫的腥臭味了。

「啊！那邊有水母。」

江永指著前方的水槽，興奮地說著，帽子外面的金髮在黑暗的世界裡散發燦光。

結果大概兩小時就逛完整個水族館了。

江永買了企鵝娃娃當紀念品，但明明這家水族館沒有企鵝。

離開水族館，我們一起坐在外面的長椅上，太陽已經西沉，夜晚即將到來。江永把布偶放在自己的大腿上，拉扯牠的手把玩。褪色的水藍色長椅表面油漆剝落，底下的素材裸露出來。

我打開自動販賣機買來的罐裝果汁拉環，裡面的碳酸「嗤咻」一聲逸散而出。

「我喜歡這家水族館，因為都沒有人。」

「我想也是。」

「看到幸福的一家人，到現在內心還是會一陣刺痛。我大概永遠都沒辦法結婚，也無法生小孩吧！那太可怕了，不是嗎？為別人的人生負責吔！」

「也不用一定要結婚，或是生小孩吧？」

「是啊！可是怎麼說，這樣太缺少人生目標了，不知道要幹麼才好。」

「目標有啊！大學畢業。」

「確實。不過，大學畢業以後呢？」

「工作。」

「退休以後呢？」

「嗯……沒有呢！只能等死了。」

「就是吧？」

江永把布偶揉成一團，穿著鞋子的右腳踩到長椅上，立起一邊膝蓋。她蜷起背部，抱住自己的身體。

我默默無語，呆望著天空。浮在夜空的星星光芒微弱，定睛細看，才能勉強瞧見。我不認得半個星座，所以隨便用視線連起浮現的星光。

「小時候我一直相信，自己一滿二十歲就會死掉。」江永說道。

「妳是說自殺嗎？」

「不是，是到了二十歲，人生就會被切斷。再也沒有接下來了，遊戲就此收場，全部結束。」

「哦……」

「可是啊！實際到了二十歲，人生卻還是沒有要完結的樣子，這讓我好失望。就算死心放棄，人生也沒辦法結束，硬是被拖上場，也被逼著不停地接關係。根本就是地獄好嗎？」

「現在也是地獄嗎？」

我把臉轉向江永，她比我想像中的還要近，嚇了我一跳。她的瞳眸裡沒有光芒，讓人覺得深海大概就是這種顏色——帶著死亡氣息的靜謐色調。

「現在算是雙重結構吧！」

「什麼跟什麼？」

「我心裡一直有個地獄，可是除此之外，還是有快樂的時候。我的精神是雙重的。嗯！沒錯，就是這樣。」

「妳是覺得雙重結構這說法很帥，是吧？」

「不帥嗎？讓人琅琅上口呢！」

江永咧嘴大笑，紅色的舌頭異樣地怵目驚心，彎成了弧狀的杏眼，被睫毛給藏住，隱沒了濃重的黑暗色彩。

我重新拿好飲料罐，嘆了一口氣，將內心的思緒小心翼翼地削掘出來。

「結婚、生孩子，或是有了重要的人……會覺得要是擁有想要保護的人，就失去選擇死亡的自由。怎麼說，會愈來愈覺得：不能拋下他死去！變得像是為別人而活。我會這樣想的。」

「這樣啊！」

江永嚴肅地附和我的話，聽不出她到底認同到什麼程度。

「我覺得人這種生物啊，本來就沒辦法只為了自己一個人努力下去。像這樣，在大腦結構上就是如此。所以只為了自己而活，大概會非常累。」

「這說穿了就是在說，應該要找到珍惜的對象？」

「不是。只是我在想，妳以前會認為二十歲就要死掉，是因為覺得只為了自己努力撐下去，大概到二十歲就是極限了吧！我想世上應該有滿多人，是依靠著隨時都可以選擇絕路的想法，才有辦法生存下去。」

「為了將來某一天去死，現在先活下來，是嗎？」

「對對對。」

「讓人搞不懂是積極還是消極吔！」

「就算不幸福，或是一直抱著想死的念頭，還是可以活著吧？我剛才看著游泳的岩魚，腦中一直這樣想。」

「岩魚應該腦袋空空，什麼也沒在思考吧！」

「今天晚上還是吃烤魚好了。」

「結果結論是這個喔？」

江永痛快地笑出聲來，突然又轉為嚴肅，她舉起左手，朝裸露的大腿用力一拍。啪！廣場響起突兀的聲響。只見江永慢慢地俯視自己的掌心，蹙起眉心，白皙的大腿抹上了血污。

「蚊子。」她說。

就如同她說的，掌心黏著扁掉的蚊屍。

＊＊＊

離開水族館後，我們搭電車回家。接著兩人一起繞去超市採買食材，左右手各拎一個購物袋，漫無邊際地閒聊，踏上歸途。

從車站走回家的路程，已相當熟悉了。搬進江永家以後，前前後後過了約四個月，起初我還有諸多顧忌，現在沒什麼特別辛苦的地方了。勉強要說的話，江永丟保特瓶時，都不肯把包裝撕下來另外分類，這是唯一的不滿。

我和江永走在護欄隔開的路上，每走出一步，袋子就磨擦出清脆的沙沙聲。我不喜歡提把陷進手指的感覺，所以不停地交換左右手的袋子。

吸進的空氣，有汽車駛過路上傳來廢氣的臭味。微濕的沙土，流過排水溝的水；荒廢的田地裡蔓延的雜草，搞不好長得比我還要高。茂密的草葉帶有獨特的香氣，我忍不住抽動著鼻子，葉子上的青澀氣味，吸收了陽光的泥土香氣。大自然的氣息沒有明確的差異，但那種雜味十分有趣。

吹過的風送來某處半乾的氣味，這是在房間裡晾衣服濕氣悶在裡面的味道。正當我把鼻子湊近自己的T恤袖子嗅聞時，江永倏忽壓低了音量。

「有人在跟蹤我們。」

「咦？」我不由得停下腳步。

「繼續走。」江永不著痕跡地推著我的背前進。

「有人跟蹤？誰？」

稍微一想，就有好幾個可能的人選。第一候補是我的母親，或許她在找我；第二候補是木村，或許她遠從九州過來向我復仇了。想到這裡，我否定了自己的推理。這不是母親或木村的味道，她們更容易被發現。

「原因大概是我。」江永眉心深鎖。

「是嗎？跟蹤狂嗎？」

「不是啦！怎麼說……幽靈？」

「我可以回頭嗎？」

「最好不要，妳先回家。」

江永把購物袋塞給我，我難掩困惑，伸出去要接袋子的手和江永的手撞在一起，袋子發出聲響掉到地上，裡面的東西散落一地，裝鮭魚片的保麗龍碟掉出路面。

當我蹲身撿東西時，半乾的氣味變濃了。腳步聲漸漸逼近，儘管步伐躊躇，卻讓人感受到堅定的意志。

「不好意思……」

那聲音引得我抬頭。站在近處的是一名年約三十多歲的女人，打扮很普通，相貌亦很平凡，黑髮紮成一束，穿著樣式簡單的黑色洋裝。晚上氣溫還相當高，她卻穿著黑色絲襪。我在內心暗忖著：好像喪服喔！沒什麼凹凸的五官並不搶眼，卻散發出文靜的氣質。

「西井女士……」江永呻吟地低喃道：「妳怎麼查到我的住處的？」

看來她認識對方，表情卻露骨地滲透出嫌惡。

「我雇了偵探。今天我從下午四點就一直在等，但妳遲遲沒有回家。」

對話聽起來暗潮洶湧。我兩手拎著購物袋，屏息觀察兩人，不禁心想：**原來真實世界是有偵探的。偵探不是只出現在創作作品中的角色嗎？**

江永不耐煩地咂了嘴，粗魯地搔了搔自己的大腿，指甲刮破皮膚，讓蚊子咬出來的腫包惡化了。

「妳聽大山說的嗎？」

「我已經一年沒見到大山了。妳見到他了？」

「沒有，別在意。」江永搖頭。

「小雅，求求妳告訴我吧！」西井走近她，哽噎地擠出細微的嗓音說：「他現下在哪裡？在哪裡生活？又在做什麼？」

「我不是說過很多次了？我不知道。」

「可是，他是妳的親人啊！」

聽到這話的瞬間，我恍然大悟。兩人是在說江永的父親，也就是傳說是殺人犯的江永的父親。

西井伸手想要抓住江永，江永奮力甩開。

「就算是親人，那種人也跟我沒關係。」她厲聲說道：「在他闖禍老早之前，就跟我媽離婚了，他跟我們沒半點關係。」

「可是你們是家人啊！小雅，我並不是在責怪妳，我只是想要見他，向他問個明白。為什麼我的丈夫和兒子非在那天死掉不可？」

死！這個字眼讓我反射性地停止了呼吸。從西井口中發出來的那個音，比我所想像的更要血淋淋，是充滿了悲痛的音色。

「嗚、嗚……」西井的喉間發出沙啞的嗚咽，她就像對哭出來的自己感到羞恥，匆匆用手帕邊角抹了抹眼角。那姿態可憐極了，讓人不忍正視。

江永俯視著這樣的西井，重重地嘆了一口氣，貼在她大腿上的血跡異樣地刺眼。

「我說過很多次，我若知道他在哪，早就報警了。真的很抱歉，請妳回去吧！」

「可是……」

「妳再繼續糾纏，我要報警了。」江永的聲音冷若冰霜。

西井退縮似地僵住，右手在胸前緊握成拳，濕潤的眼睛落下一行淚水。

「對不起，我不是在責備妳。可是，妳是我唯一的線索了。三個月前，我去妳住的地方，聽到妳已搬家，我的腦袋一片空白。所以、所以……」

西井哽住，一次又一次用手帕捂住眼睛。她的指頭乾裂，就像破了洞的絲襪般，處處露出底下質地柔軟的紅色皮膚。

「請妳回去。」

江永重複一樣的話，那聲音刻意排除了一切的溫情。

西井的指頭使勁，手帕被捏得皺巴巴的。

「我今天就先回去了，可是如果有任何消息，請一定要通知我。因為他一定會連絡妳，對他來說，妳是他唯一的親人。」

「我知道，我知道了。妳回去吧！」

江永重複一樣的話，西井總算罷休了。

「拜託，一定要通知我喔！」

西井再次叮嚀，朝我們家的反方向走去。她一再回頭，似乎牽掛不下。

等到西井的身影完全消失不見後，江永短促而粗重地低吼了一聲：「嘎！」聽不出是一團空氣還是一團聲音。接著江永摘下頭上的運動帽，狠狠地砸向地面，運動鞋底一而再、再而三地踩踏那頂帽子。

「幹！幹！幹！」

慘遭踐踏的帽子一眨眼就變得扁平、單薄、又髒又白，再也無法恢復原狀。

掛在雙手的購物袋沉重到不行，勾在手指關節的它們把我的手向下拉扯。我無視嵌進皮膚的疼痛，仰望著江永的臉。

「回家以後，我做可爾必思給妳。」

我的話讓江永停下了踩踏的動作，緊繃的臉頰微微放鬆了。她伸手亂搔了一陣金髮，橫眉豎目的雙眸漸漸恢復平靜。

「我要超濃的。」

江永說完，從我的右手一把搶過袋子。

看著她嘴角的笑，不知為何，我有點想哭。

＊＊＊

晚飯準備得比平常更俐落。

江永去泡澡時，我默默動手煮晚餐。先將魚片放進烤爐裡，附上味噌湯。冰箱有昨天吃剩的日式和韓式涼拌小菜，覺得太麻煩，兩邊都擺上桌。由於還有時間，也做了煎蛋。正在磨白蘿蔔泥時，江永剛好洗完澡，頂著一頭濕髮，在和室椅坐下來。

洗好澡後好一陣子，江永的身體都會散發出沐浴乳的味道，是濃濃的玫瑰香。

「好好吃的樣子！」

江永掃視餐桌，眼睛亮了起來。

「都是現成的。」

「我喜歡妳的煎蛋。」讚美完，江永雙手合十，刻意地大聲說：「開動了。」

自從和我同住以後，她變得會在用餐前好好說：「開動。」

我也合掌了一下，便拿起黑色筷子用餐。

「泡澡時，我發現腳毛長出來了。一定是雷射除毛的漏網之魚，爛死了。」

嘎哈哈哈！江永發出分外刺耳的笑聲，誇張地扭動身體，像在表現有多好笑。

「妳有全身除毛喔？」

「弄到一半就懶了，後面沒有再去。大概打了九次吧！不過毛已經少很多了。妳做過VIO除毛嗎？」

「沒有，那是什麼？」

「簡單說，就是私密處除毛。不是會穿內褲嗎？就內褲範圍的毛，也包括屁股那邊。我第一次除毛是高一時，真的嚇到發抖，心想：天啊！大家都會做這種事嗎？」

江永滔滔不絕，像是要填補空白。

「打雷射時，會發給妳一件紙內褲，然後躺在台子上。有個年輕漂亮的大姊姊，會默默地刮掉我身上沒刮乾淨的毛，抹上凝膠，按下雷射光。啪！弄到一半，我真是羞恥到不行。因為就連股溝裡面，那個大姊姊都會把機器伸進去吔！而且那邊的毛很濃，所以痛得要命。一開始我還在忍耐，後來實在太痛了，忍不住尖叫：『OUCH！』可是那個大姐姐都沒有反應。天啊，這什麼氣氛！我好想大喊：『乾脆殺了我吧！』」

江永以誇張的動作拍打暖桌大笑，臉朝下蜷著背，強調到底有多好笑。

我嚼著煎蛋，看著她的表演。

笑聲漸漸減弱，江永慢慢抬起頭來，她狠瞪了我一眼，滿臉顯得不服氣。

「這是我的招牌笑哏，幹麼不笑啦？妳連對我都要表示妳不喜歡黃色笑話嗎？」

「怎麼可能？倒是，這算黃色笑話喔？」

「我哪知？算是體驗哏吧！」

「怎麼說，一頭熱，然後節奏感亂七八糟。這要是平常的妳，都會先好好確定對方的反應再繼續。」

「糾正的點是這個喔？」

「還是我應該勉強捧場笑？」

「沒這個必要啦！」

「我也覺得，所以……」

我再夾了塊煎蛋，用筷子切成兩半。黃白相間、亮麗的剖面圖。

「剛才那個人是誰？」

聽到我的問題，江永笨拙地愁眉苦臉起來。

「還是要講那個喔？」

「不能不解釋一下吧？」

「聽了會讓人不舒服喔！清醒狀態實在沒辦法講。」

江永起身，從冰箱拿出一罐 Chu-hai。當她開罐時，我撥開烤鮭魚的魚肉。忽然想到：這麼說來，今天的水族館沒有鮭魚。

「以前我也說過，我爸是個人渣吧！我和我媽逃出家裡，那時候我小六。一年以後，我爸媽正式離婚。我媽是說離婚很順利，但實際上怎麼樣我不知道。」

江永喝起罐子裡的液體。這是我以前也聽過的內容，後來發生母女反目。

「後來妳爸住在哪裡？」

「不知道，我們完全斷絕連絡了，我是在高二時才知道我爸闖了什麼禍。當時我在看電視，突然冒出認識的臉。搞不好妳也知道，因為是全國性大新聞，就是路口肇逃事故。一輛車子突然衝進早上在斑馬線前面等紅燈的人群裡，七個人被救護車送醫，其中三個人死掉了。」

「我不知道吔！或許只是忘記了。其中三人，難道是剛才的……」

「對，酒井女士就是死者家屬。她的丈夫送兒子去托兒所，結果在路上遇到這場死劫。另一個是上班途中的四十多歲女性，大山女士。死掉的母親和兒子相依為命，兒子比我大三歲，當時就讀大學。」

江永淡淡地述說，就像在朗讀某些登載事項。

「車主馬上就查到了，由此得知肇事者就是我父親。問題是接下來，由於逃亡的肇事者沒有抓到，一直下落不明。」

「到現在還沒有找到？」

「沒找到。」江永垂下頭，停頓了片刻，她用食指敲著罐子表面，自嘲地用鼻子哼哼道：「我媽她啊，看到新聞說：『幸好離婚了，跟我們沒關係。』可是在故鄉，每個人都知道他是我爸……而且我又是個不良少女，沒人替我說話，大家都叫我『殺人凶手的女兒』。只因為有血緣關係，我永遠擺脫不了他的親人這個身分。」

「妳會離家，真正的理由是妳爸嗎？」

「沒有什麼真正的理由，不過那件事造成很多影響是事實。實在是累積了太多東西，一下子整個繃斷了。」

江永在自己的太陽穴旁邊張開雙手，就像在搞笑。

「高中時，我賣春養活我媽，當爸的事傳開以後，接到的都是些恐怖的爛客。我向我媽哭訴，說我做不下去了，再這樣下去我的人生會完蛋，讓我好好安排自己的人生。然後，我說我要去讀遠離故鄉的大學，結果……」

江永開始口齒不清，她把罐子貼在被酒精薰紅的臉頰上。

「媽媽對著我吼說：『妳要丟下我一個人嗎！我不准，一輩子都不准！』聽到這話的瞬間，我眼前一片發紅，心想：什麼不准，妳以為妳誰啊？妳有什麼權利綁住別人的人生？」

無意識之中，喉嚨咕嚕一響，心臟被緊緊勒住，我皺眉承受痛楚。江永的境遇有太多與我重疊的地方。

「我覺得非逃不可，所以我直接跑來東京。我沒錢、沒家，也沒有認識的人，在社群媒體開了個新帳號，PO文說：〈我離家出走了，有人可以收留我嗎？〉結果收到許多回覆，一堆男人爭相收留我。有人是純粹好心，也有人要求回報。無處可去的女人，對那種人來說超級方便。知道對方無處可逃，可以吃得死死的。」

「妳一直寄住在別人家嗎？」

「一開始是，沒多久又用故鄉那一套賺錢。透過網路接客，一次三萬圓。明明想要擺脫不做了，但我會的就只有這個。只要十天賺個三十萬，剩下的二十天就能拿來念書。我沒時間又沒錢，只能這麼做。」

江永再次仰頭一口飲盡，搖晃空掉的罐子。

「怎麼已經沒了？」

她紅著臉笑著起身，從冰箱又拿了罐新的Chu-hai，我在杯中倒水，遞到她面前。

「和水交替喝吧！」

「不要，不醉我說不下去。」

「妳已經醉了。」

「這樣還不夠。呃，我說到哪了？」

「說到妳來到東京，賺錢，唸書。」

「啊！對對對。總之，我一直在賺錢。在東京，沒人知道我是那傢伙的女兒，這是唯一的救贖。不管在哪裡，我都是無名小卒。然後我用功讀書，考上大學，進了跟妳同一所大學，雖然年紀不太一樣。」

「嗯，這裡我知道。」

「我打算上了大學以後，就去找一般的打工。只不過，考慮到時間和能賺到的錢，結果又回頭繼續重操舊業。朋友也是，我說我有很多朋友，那是騙人的，是打腫臉充胖子。」

「果然。」

「這什麼反應啊？」

「因為妳都在家啊！有很多朋友的人，才不是這種生活模式。」

「全被妳看透了呢！」江永撩起秀髮，立起單膝，把下巴擱在上面，沉重的眼皮緩慢地眨動。「我真的都跟男人在一起，因為有拿有給，各取所需，不必太過煩心。我不想要自己一個人，而對方想要上床。那些摸不著邊的友情、愛情，全都讓我感到害怕。我不相信那些，所以這種清清楚楚的關係輕鬆多了，我只要當個配合對方的女人就行了。」

聽到這裡，我垂下視線，黑色筷子、黑色飯碗，那些東西映入眼簾。江永的歷任男友用的東西，現在由我接手。**對江永來說，我也和他們一樣嗎？只是為了排遣寂寞的消耗品？**

不經意含入口中的鮭魚，鹹得讓我嚇一大跳，不知不覺間泡在醬油裡的鮭魚肉吸飽了鹽分，顯然有害健康。

「西井女士在事發之後，很快就查到我這個人。某天，她突然出現在高中校門口，拿了伴手禮給我。很不簡單，對吧？居然送禮給加害者的女兒吔！然後她在校門口向我下跪，拜託我告知我爸在哪裡？明明我真的什麼都不知道，西井女士卻拚命地請求：『**妳是他血緣相繫的唯一家人，他總有一天會來投靠妳的。**』」

那個情景我也可以立刻想像出來——西井一身漆黑洋裝，毫不猶豫地彎膝下跪。**江永是用什麼表情俯視著她呢？**

想像一身制服的江永，不知為何，她的身影任意換成了我高中的模樣——深藍色百褶裙、西裝外套、脖子上的領帶、白襯衫。脖子以上被塗成黑色，她沒有眼睛，也沒有嘴巴。一個沒有五官的女高中生，在想像的世界裡木然站著，孤身一人。

「我爸從來沒有連絡過我，我根本不知道他在哪裡？或許他現在還躲在某處，也或許已經死了。我真的什麼都不知道，可是身邊的人並不這麼想。」

最極端的例子就是西井。回想起她那悲痛的聲音，我垂下目光。

「我離家出走後，西井女士又查出我住的地方，不管我去哪裡，西井女士都有辦法找到我。她是個好人，從來沒有責怪過我，但我就是不想跟她見面。每次看到她，就會自覺到：啊！我是那個男人的女兒。回想起他的手在我身上亂摸亂揉，只想要狠狠地宰了記憶中的那傢伙。」

江永憤恨地用筷子把小碟子裡的涼拌菜亂攪一通。

「爛透了呢！」我說。

潦草的附和讓江永紅了眼眶。

「真的爛透了！從我生下來的那一刻，一切就爛透了。我不斷反覆地想，我應該要宰了那傢伙，這樣一來，西井女士的家人也不用被他害死。為什麼每個人都相信家人這種幻想？要是明天自己的父母殺了人，那該怎麼辦？萬一自己的小孩殺人了，又該如何？那些咒罵加害人家屬、惡意攻擊的人，都相信自己的家人絕對不會殺人嗎？為何只是有血緣關係，就要被混為一談？我不懂，我真的不懂！」

「我也不懂。」

在我即將上小學時，母親成天擔心我會不會遇到霸凌。世上的父母多半如此，只擔心自己的小孩是否會受到迫害。即使會設想小孩遭到霸凌，也不會設想自己的孩子霸凌別人。

我知道人可以非常輕易地傷害他人，就算毫無惡意，也會天真無邪地玩弄別人的人生。不管大人或小孩都一樣，任何不幸，只要事不關己，就只是單純的娛樂。

「江永，妳很了不起。」

江永聽聞，用力吸了一下鼻涕，她一把抓過地上的面紙盒，用力擤鼻涕。

「再多稱讚一點。」

「妳太了不起了！光是像這樣活著，就非常了不起了。」

「我知道。」

江永牽強地揚起唇角，擠出扭曲的笑容。她把罐子放到暖桌上，用筷子把我做的煎蛋連同盤子一起勾過去，含了一口涼掉的煎蛋，慢慢地咀嚼。

「妳做的煎蛋真的好好吃喔！」

「那太好了。」

「欸，我說，為什麼妳要幫我？」

「什麼？」

話題跳躍得太厲害，我不由得皺起眉頭。在酒醉的江永腦中，兩個話題或許是相連的，但我根本不知道她在說什麼？

「告訴我理由。」

「妳是在說哪件事？我才想問妳呢，妳為什麼要幫我？」

「嗄？我哪時候幫過妳了？」

「我離家出走的時候，妳不是收留我，讓我住在這裡？」

「那才不是幫妳呢！只是妳是那個，什麼蝴蝶火的而已。」

「妳是要說飛蛾撲火嗎？」

「對對，就是那個。」

江永伸長了腳踢了踢我的膝蓋，我們兩人四眼相照，她滿意地將下顎一揚，用指頭纏繞還沒乾的金髮，自傲地拉扯著。

「直到我們一起打工，妳都沒意識到有我這號人物吧？」

「我應該知道，我們同系嘛！」我說。

「不，妳不知道。應該說，妳不認得我的臉，而且我的頭髮整天換顏色。」

「妳不是一直金髮喔？」

「有時候是褐色，有時候是黑色，也有一次染成粉紅色。」

「粉紅色的頭我知道，只覺得有人髮色染得好炫。」

大學和高中不一樣，人數很多，要記住每個人的臉，本來是不可能的事。和木村一起修的那些語言課，人數還算少，比較容易留下印象，一旦遇到人數超多的課，甚至會提不起勁去仔細看別人的臉。

「妳一開始不是問過我？問我為什麼不做以前的工作了。」

「我記得啊！妳說遇到恐怖的客人，被掐脖子，差點沒命，所以不做了。」

「那只是真正理由的一半。」

「一半？」

「我的心呢，其實要更複雜許多！」

江永說著，把 Chu-hai 倒進裝麥茶的杯子裡，碳酸水稀釋了煮出來的麥茶褐色。超過杯子容量的液體，靠著表面張力撐了一下，隨即滿溢而出。

看到溢出桌面的褐色，我連忙抓來抹布。寬闊的桌面漾出一片寧靜的大海，在江永傾斜罐子的期間，大海不斷地外擴，緩緩地持續侵蝕盤子與盤子之間。

我想要用抹布攔下水流，布雖然制止了液體，吸不下的部分還是流到桌面上，將暖桌的蓋被染成褐色，好似血的顏色。甜膩的氣味在餐桌擴散開來，讓我食欲全失。

「醉鬼。」我責怪道。

江永的水眸滲著光，爽快地笑了。弄濕暖桌蓋被還不夠，江永連地墊都搞得濕答答的，而且似乎還嫌不滿足，她故意把空罐朝下晃個不停。

「妳不生氣嗎？」

「氣什麼？」

「我做了壞事啊！妳可以討厭我。」

「妳想要被我討厭？」

「既然都要被討厭，愈早愈好，我不想要妳在我不知道的時候，自己默默討厭起我來。妳要放棄我的話，我寧願原因是我自找的。」

「不要任意決定我的想法。」

「可是，妳就拋棄木村了啊！」

「她都要殺我了，我也只能這麼做吧？」

「要是能相信宇宙大師，我也想要啊！那樣在各方面一定都能輕鬆許多。為什麼我就聽不到宇宙大師的聲音呢？明明我想死那麼多次。上帝到底在哪裡？當上太空人就可以見到上帝了嗎？」

到底是在說什麼？我左手接連拿起碟子，右手擦拭著桌面，沾在盤底的水滴，像印章一樣印出褐色印子。江永像個幼童般，用手指拉開那些圈印。

「我最後一次接客，是今年的一月。大寒冬的，冷得要命。那個時候，我的前任已搬出這裡，分手的理由，是我讓男性友人進家裡，結果兩邊撞見了。明明他自己也在外面亂搞，可是我跟其他男人睡，他就生氣。」

「妳喜歡那個前任嗎？」

「也沒有啦！真要說的話，他到底算不算男朋友，我也說不上來。又不會明白說要交往嘛！怎樣都無所謂，誰都可以。只要能讓我忘掉無聊，什麼都好。」

我附和著，手仍擦個不停。

江永澀重地眨著眼眸，手不斷地一開一合。

「最後一個客人，是第一次見面，我們只在網路上聊過。後來相約在車站碰面，便直接去了飯店。那個人大概二十多歲，長相很普通。然後……做到一半，那個男的突然說了……」

「說什麼？」

「『妳認不出我嗎？』他壓在我身上，手掐在我的脖子上，說：『我是大山。』這時我才發現，對方是電視上捧著母親遺照的那個大學生。他是來復仇的！」

我頓然一愣，看向江永的脖子，肌膚平滑，沒有留下絲毫過去的痕跡。

「我被掐著脖子，當時真的覺得要被殺了。我不斷叫喊著：『住手』、『放過我』，他還是不肯停手，把我掐昏過去了。被拍打臉頰醒過來後，他還騎在我身上，卻滿臉鼻涕眼淚，哭著要求：『我加錢給妳，讓我再掐一次。』還說：『這樣我應該就可以原諒妳了。』」

房間裡一片死寂。

江永把空罐扔向垃圾桶，罐子敲到桶緣，發出清脆的聲響滾落在地上。她的臉火燙泛紅，整個人在潮溼浸透的地毯上躺成大字型，剛洗好的秀髮吸入積在地上的液體，白T和灰色運動褲都染上了大大的污漬。

「奧菲莉婭。」她故意甩開金髮，逞強地笑道。

江永居然知道哈姆雷特？比起玩笑本身，這更讓我驚奇。

「醒來的時候，大山已經不見了，桌上放著裝錢的信封袋，裡面的錢真的加了幾成。看到那錢，我真的好想去死。既然對方都付錢了，我連被害者都當不成。」

我將倒地的江永的身體翻過來，硬是把浴巾塞進身體和地板之間。她的衣服、地墊和毛巾都吸了酒，搞得濕答答的。等江永醒了，要叫她負責洗。

我在擦拭地墊時，江永發癢似地發笑，她拉扯我的T恤衣角，繼續說下去。

「凌晨四點，大概是那時間吧，我離開了旅館。由於還沒有電車，一個人無精打采地走著……走到一半突然感到噁心，想去超商借廁所。我發現有好幾家，便挑了一家看起來最沒生意的小超商。可是還沒踏進店裡，嘔心感就一口氣衝上來，結果我在店門口就吐了。嘩啦啦吐得一塌糊塗，完全來不及。」

愣然一愣，我知道這一幕……酸餿的臭味在鼻腔復甦，我不由得倒抽了一口氣。

那天從深夜到清早，是我和堀口值班。

那是個冷到臉頰刺痛，分外酷寒的早晨。一名黑髮女人在超商垃圾桶前面蹲了下來，接著就吐了。在店裡目睹這一幕的堀口大大地咂了嘴，說：「我可不清啊！」醉鬼嘔吐不是什麼稀罕事，大部分都是我負責收拾善後。我從後場取來清掃工具，慌慌張張跑出店外，那時腦中只有「必須盡快清理，免得遭到客訴」的念頭。

對我來說，這只是日常的延續，至於那女人，老早就從記憶裡消失了。直到這一刻，我甚至忘了有這件事。

「妳從超商走出來，對我說：『沒關係。』聽到這句話，我突然覺得：原來我沒事。或許是因為腦內細胞死光的關係，妳那句『沒關係』占據了我整個大腦。我心想：我沒事，我沒事的，我還可以活下去。」

江永的話，讓我的臉頰猛地燒了起來。

那句話並不是江永想的那種關懷之語，我根本不在乎當時的江永怎麼樣，她感受到的恩情，是只存在於心中的幻想。

「我說那句話，大概只是想要表達這邊我會打掃，妳可以去別的地方沒關係。」

我匆匆解釋道，江永卻輕輕搖了搖頭。

「我知道，那句話是出於什麼意圖都無所謂。只是當時那句話拯救了我，重要的只有這個事實。」

「所以妳才會來我們超商打工？」

「對啊！不過妳好像不太喜歡我，所以我也暫時不敢跟妳搭訕。後來妳突然主動跟我搭話，我不是喜上雲霄嗎？還不小心說了我欣賞妳。」

「原來是這麼回事。」

「嗯，不然我才不會對女人說：『可以來我家住。』因為是妳，我才這麼說的。」

江永說著，撐起了上身，迎面望進我的瞳眸。

我深吸一口氣，身體乳液的香味和酒味混合在一起。

「嗯。」江永伸出右手，紅色指甲油在她的指尖純真地閃著光。

「那隻手是幹麼？」

「想說，若是現在的話，妳是不是可以跟我握手。」

我將浴巾放到地上，提心吊膽地握住江永的右手。皮膚與皮膚重疊的觸感，江永的手柔軟、冰涼。

「人的手。」

我輕聲低喃，不禁心想：原來我以外的人，手是這個樣子。

「當然啦！又不是狗的手。」江永嘴邊漾出笑意。

我就這樣牽著江永的手，站起身來，同時將她的身體一把拉起，接著俯視她被酒弄髒的衣服，下巴朝浴室一指。

「好了，醉鬼快去沖乾淨。」

「太突然了吧？」

「妳從剛才就全身酒味。去換個衣服啦！」

「是是是。」

我拉著準備離去的江永的手，用力捏了一下。

「妳是人。」

瞬間，江永的嘴唇僵住，我在極近的地方聽見倒抽一口氣的聲音。江永放開我的手，掩飾地按住自己的額頭，她垂下頭，喉間微微震動。

「哈哈哈，這不是廢話嘛！」她的嗓音微微發顫，半晌後，她撩起瀏海，笑著喊道：「哪有這種外星人啊！」說完，便轉身走進浴室。

確定她的背影完全消失後，我當場癱坐下來，打開的右手還殘留江永的手的觸感。顫抖的手讓我自覺丟臉，一口咬住自己的指頭，用牙齒夾住食指第一關節，骨頭被擠壓的感覺傳遞過來。

我為江永做了什麼嗎？腳底貼著濕浴巾的觸感，心臟仍在快速跳動，忙碌地震動著我的耳膜。我把指頭從嘴裡抽出，吐出積在肺裡的沉重氣息。

幸好江永沒有死。我忍不住如此思忖，下一秒便嘲笑這麼想的自己。哪來的臉說什麼選擇死亡的自由？我能容許我自己死掉，竟然無法允許江永死掉。我應該是最痛恨束縛別人的人，卻還是希望江永活在這世上。

這就是我的自私，但我不打算拋棄這樣的自私。

撿起髒掉的地墊，緊緊地將它擁在懷裡。吸收了酒和麥茶的墊子，散發像濕抹布的臭味。

這天晚上我難得做了夢，一隻巨大的岩魚卡在超商門口的夢。

我詫異明明是岩魚，居然能在陸地上呼吸，結果我發現自己的口中咕嘟嘟冒出氣泡來。原來不是岩魚在陸地上，而是超商在水裡。

岩魚只有頭在外面，身體卻滿滿地塞在店內。每當岩魚動口，魚鰓就跟著搧動。窺看魚鰓的裂縫，裡面是一片宇宙。把手指插進去，宇宙的色彩就像泥濘般沾上我的皮膚。我用灑上星星的指頭抹在岩魚身上，魚身暖暖的，也很柔軟。把耳朵貼上去，那軀體傳來確實活著的聲音。

我抓住岩魚的胸鰭，以拔河的要領往前拉，岩魚的身體輕易向前滑動。牠的眼睛渾圓，很像小學時在圖鑑上看到的日蝕，鑲了一圈黑的金色眼睛閃耀著亮芒。

我繼續拉扯胸鰭，岩魚的身體終於整個滑了出來。牠朝太陽游去，游過滿盈水的純白天空。巨大的軀體在天空飛舞，愈飛愈高，金色的魚身浮現宛如從樹葉間灑下的陽光斑點。「等一下！」我反射性地開口，吐出來的卻只有氣泡。

回頭一看，超商的燈熄了。漆黑的店內充滿了宇宙，散落的星辰化成液體，逐漸從門縫間滲出，有種像線香般曾經聞過的氣味。我唐突地理解：**這是死亡**。宇宙和死亡相連，總是與我比鄰而居。

本能的恐懼讓我後退一步。這時，世界被黑暗所籠罩，抬頭一看，比地平線更大的岩魚正目不轉睛地盯著我。那美麗的瞳眸，是這個世界的月亮。支離破碎的世界規則一眨眼便覆蓋了我的思考，我想要維持自我，卻在連自己都沒發現的時候，被世界的規則所吸收。

空氣從口中漏出，氧氣愈來愈少，難以呼吸。我不想死在這裡，因為我不能丟下她一個人。白襯衫的袖子箍住了我的身體，這時我發現自己是高中時的模樣。高中生的我，想要吶喊：「**我是全世界最不幸的人**。」這也全都化成泡沫消失了。

就像被丟進洗衣機糾結成一團的衣服，黑暗、恐懼、寂寞揉雜在一起。感情的濁流推動我的身體，讓我從地面往上浮。

明明根本不會划水，夢裡的我卻會游泳。我用手划開黑暗，拚命地伸出手。被切碎的自由從岩魚的魚鰓灑落，光輝閃耀的自由是玻璃片的形狀，通透放射出光芒。

用力握住，掌心傳來銳利地疼痛，但我並沒有放手。因為我知道，不管再怎樣的痛楚，有些東西都是絕不能放手的。

岩魚巨大的眼睛倒映著我，那是充滿生命意志的強烈瞳眸。

叩！手撞到地板的聲響將我驚醒了。

想要按停手機鬧鐘，手骨卻重重地敲到了地板，陣陣襲來的痛感讓我在被窩裡痛苦了一陣。隱約殘留的夢的痕跡，已消失得一乾二淨，只有做夢的感覺，還大搖大擺地賴在我的腦海中。

我讓身體遠離被窩，懷著堅強的意志站起來。儘管很想再睡回籠覺，卻輕易敗給了口渴的感覺。

我憋著哈欠，走向廚房。瞧見江永還在睡，便躡手躡腳移動，免得吵醒她。打開冰箱，倒了杯麥茶，流過食道的沁涼舒適宜人，不禁吁了口氣。

後來江永沖了澡，就那樣睡著了，我知道她醉得很厲害，所以也沒怪她。等江永醒來，要跟她說什麼好？或許該罵她弄髒地墊的事。酒量那麼差，她最好留意一下喝酒的方式。不過，就算從未喝過酒的我出聲勸告，或許江永也聽不進去。

我在空罐裡裝水，輕輕搖晃清洗。酒有那麼好喝嗎？

對於未成年的我，酒是未知的存在。江永會引誘地說：「喝一口看看。」只是酒對我來說，沒那麼大的吸引力，能讓我不惜觸法也要嘗試。再說，我就快二十歲了，等生日那天，就是能正大光明喝酒的年齡。

耳邊傳來開關不順的拉門晃動聲，我立刻回頭，只見睡眼惺忪的江永穿著睡衣站在那裡。她把手塞進T恤底下搔著肚皮，「哇」一聲打著哈欠，頭髮翹得好誇張。

「早。」

「早啊！妳記得妳昨天幹了什麼好事嗎？」

「隱約。頭好痛啊！」

「宿醉啦！」

我用馬克杯裝了自來水遞給江永，她一口氣喝光，「噗哈」一聲吐出氣來。

「活過來了……」

「總之，快幫忙清洗暖桌蓋被。」

「ＯＫＯＫ，交給我吧！」

江永的反應和平常一樣，我鬆了一口氣。

「妳也要吃麥片嗎？」

江永在和式椅盤腿坐下來時，我拿出大碗問道。

「要，四分滿就好。」

「好。」

我將麥片倒進兩人的碗裡，注入牛奶，隨便插支木湯匙，把其中一個碗擺到江永面前。喝酒的隔天，江永都會想吃麥片。

我用臼齒咀嚼麥片，順手打開電視，看到螢幕下方顯示是九月十六日。暑假就快結束了，大學開學日是九月二十四日。

「我想搬家。」

突如其來的一句話，讓我一愣，手中的湯匙滑落。

江永見狀，整個人顯得很開心。

「湯匙擲出來了！」她大喊道。

「是骰子。」

我重新拿好湯匙，將麥片舀入口中，每一口都能在耳畔聽見麥片粉碎的聲音。

「搬家？好突然喔！」

「每次被西井女士發現我的住處，我就會搬家。」

「妳來關東以後，也搬過家嗎？」

「有啊！從東京搬到這裡。」

「啊……」

我環顧室內，這個二房一廳，一個人住太大了，是規劃給兩人的格局。

江永已經決定要一個人活下去了嗎？如果她要搬家，我也得找新的住處，或許沒辦法永遠依賴江永的好意。

「唔，很好啊！妳有想住的地方嗎？」

我留意別讓聲音變得感傷。

江永似乎沒有察覺我的感受，悠哉地笑著。或者是刻意假裝悠哉？

「方便上學的地方吧！還有，我不想換打工。」

「說的也是呢！」

「最好附近有超商和超市，要是還有藥妝店就更無敵了。買個化妝品要跑到大老遠的地方，這太累人了。」

「我懂。」

「然後，我希望附近有麵包店。麵包店和糕餅店，這是讓人生變得豐富的兩強。妳呢？希望周邊有什麼店嗎？」

「唔……書店？」

「電影院是不是也不錯？好吃的居酒屋、定食店那些也很好呢！還要有買衣服的地方。」

「不會太貪心了嗎？」

「做點美夢又不會怎樣嘛！房租最好跟現在差不多。雖然還是一樣應該會住破公寓，不過妳不會排斥吧？」

「咦？」被一副理所當然的態度這麼問，我的反應不小心慢了一拍。

江永傻眼地看我，我在她的臉頰上找到一顆紅色痘痘，是外出時會用粉底遮住的那種小痘子。

「這什麼反應？妳也要一起住吧？」

「可以嗎？」

「與其說可以不可以，不如說若妳不一起住，我就頭痛了。而且兩個人住比一起人划算。」

「我第一次找房子。」

「目標大概是二〇二〇年吧！總之，大學畢業前我們都一起合租。明年會很精彩喔！奧運加上搬家。」

「這兩個可以相提並論？」

「什麼話？比起奧運，搬家更重要好嗎？」

「確實。」

啊哈！喉嚨深處迸出笑聲，總覺得好笑到不行。源源不絕的笑意從體內搔著我的身體，我不由得把軀彎成兩半，笑個不停。

「有這麼好笑嗎？」

江永托著腮幫子，扯歪了單邊臉頰。

對我們來說，比起奧運，今天的生活更重要多了。如果沒辦法活過今天，甚至無法夢想未來。萬一受傷的話、萬一生病的話、萬一沒辦法工作的話……我將各種不好的可能性硬是從腦中逐出，現在擔心那些也沒用。

「啊！還想要拉麵店。」江永像是突然想起似地說。

「還有披薩店。」我補充道。

其實就算沒有披薩店，我也不曾為此困擾過，但如果有的話，會覺得有點開心。世上充斥著各種娛樂和令人上癮的食物，而這些幾乎都不是生活中不可或缺的必需品。就算沒有披薩、拉麵、書和電影，世界還是會照常運行吧！即使如此，我認為「如果有就覺得開心」的心情，仍是這個世界不可或缺的。

我將吃完的碗拿去洗碗槽，江永把丟在地上的手鏡拉了過去。

「爛死了。」

一定是發現痘痘了吧！我忍不住苦笑。

「家裡有口罩嗎？」江永大聲問我。

「應該有一盒吧！要幹麼？」

「要是這顆痘子繼續變大，就要戴口罩遮起來。」

「痘痘應該也想見識一下世界吧！」

「真假？那今天先不戴好了。好了，痘痘，這是牛奶喔！見識到牛奶了，真是太好了呢！」

「光聽那些話，很像神經病吔！」

「明明是妳自己說的。」

我倆沉默了一下，接著呵呵大笑起來。

好沒營養的打屁，無用到極致，是這個世界不需要的對話。

然而，我為了活過今天，需要這無用的對話。

＊＊＊

如同打工時宣告的，堀口確實在生日那天替我代班。

到這裡都還好。堀口跟我換的班，是生日前一天的下午五個小時。也就是說，我得和店長一起度過十九歲最後的午後時光。

今天的我也一樣顧收銀，內心不禁納悶：這樣有比較好嗎？

店長對我和堀口特別好，大概是因為我們排很多班吧！木村辭職以後，她的班也都是我來填補。

基本上我不希望打工休息，因為休息一天，就等於窮一天。

雖然這家超商深夜幾乎沒人上門，但天色明亮的時段，生意算是興隆。流水線作業般處理掉客人，再將進貨的商品陳列到架上。訂貨是店長的事，他經常在總部要求和實際銷售之間左右兩難。

我畢業以後，這家超商會怎麼樣呢？我一邊讀取商品條碼，一邊繼續思考。身體記得工作內容，手和嘴巴也行雲流水地運作著。

「下一位結帳的客人！」

目送來買點心的學生離去，我慣性地招呼道。

「這個，還有一包佳士達[8]。」

映入眼簾的購物籃裡，放著三張點數卡。有必要特地拿購物籃裝嗎？

「請問是幾……」

我話說到一半便斷了音，因為站在前面的，是我的母親。

「一包佳士達。」母親重複一樣的話。

我大驚失色，手裡的籃子掉落，心臟劇烈跳動，腦中開始劇烈扭曲。情急之下，我轉頭看向店長。尖銳的耳鳴作響，像是音叉的聲響，彷彿耳朵進水一般，所有的聲音都變得模糊。

店長察覺我的不對勁，立刻接手替我結帳。我慌忙衝進廁所，在馬桶前乾嘔了好幾次，卻吐不出任何東西。滴落在和式馬桶上的，只有額頭滲出的汗水。

這家超商就在舊家的生活圈內，之前一直沒有碰到母親，形同奇蹟。我試圖想起站在收銀台前的母親的臉，發現毫無記憶，自己大吃一驚。明明她身上秋季風格的褐色上衣款式，記得一清二楚，我卻連一眼都無法去看母親的臉。

我盯著手錶，等了整整五分鐘，才戒慎恐懼地走出廁所。這時母親已不見人影，狹小的店內恢復了日常樣貌。

「剛才真對不起。」我行禮歉疚道。

「是沒關係，妳身體還好嗎？」店長擔心地皺眉慰問。

「已經沒事了。剛才那個人有說什麼嗎？」

「沒有。是妳認識的人嗎？」

「我不認識，但沒說什麼就好。」

一次又一次的深呼吸，耳鳴消失了。

店長仍是一臉擔憂，我對他露出面對客人的笑容。

「我沒事了。」

今天的班是下午一點到六點，只剩下兩小時，應該撐得過去。

注8：佳士達（CASTER），日本的香菸品牌，比較清淡。

店長不安地看著我，卻沒有繼續過問。至於這樣的態度是出於好意，還是不想扯上麻煩，教人難以判斷。

以結果來說，這天的我一點都不好。

工作內容早已駕輕就熟，即使心不在焉一樣可以勝任，我卻犯了兩次基本錯誤。應該要附上吸管和筷子，我放成湯匙和叉子，幸好客人立刻注意到了，差點害常客要用吸管吃便當。

我嘆著氣，穿過自動門走了出去。下班走出超商，時間是晚上剛過六點。

我在斑馬線前等紅燈，靜靜不動，陰鬱的情感油然而升。我用力抹臉頰，試圖把那情緒給拭去。皮膚被磨擦熱辣辣地痛著，與其要思考，疼痛來得更好。

「陽彩。」

背後傳來的聲音，把我的腳釘在原地。眼角餘光瞥見紅燈轉為綠燈，行人通行號誌的音樂聲催促我前進，我卻動彈不得。

「陽彩，等一下。」

明確地察覺到走近的腳步聲、腳跟撞地般的步伐，以及搭上肩膀的手的溫度。

我僵硬地轉動脖子，慢慢地回頭。只見她精心保養的纖纖玉指，夾著白色的菸，升起的菸被風捲起，香菸刺鼻的獨特臭味，讓我忍不住皺眉。啊！又耳鳴得好厲害，聲音都聽不清楚了。

「媽，妳怎麼在這裡？」

我只是單純想確認事實，語氣卻不由自主地變成責怪。

我拂掉肩上的手，母親立刻縮回自己的左手。眼前的母親就如同我的記憶，幾乎沒什麼變，染過的髮色、白色漆皮鞋，都是我所熟悉的。唯一不同的，就只有右手的菸，她以前不抽菸的。在菸味的掩蓋下，我竟想不起以前母親的氣味。

欸，那菸是妳男友的影響嗎？真正想問的事，我總是發不出聲。

「我在等妳下班。」母親虛弱地微笑。

「妳早就知道我在這裡打工？」

「我把櫃子丟掉時，在後面找到薪資條。」

我摩挲著上臂，別開臉去。

母親在這裡等了我多久？為何跑到超商來買菸？裝成一般客人，卻不是找店長結帳，而是選了我的收銀台，為什麼？湧上心頭的疑問在腦中不停地打轉，喉嚨卻一動也不動，我將目光往下垂，頭好沉重。

「媽想向妳道歉。」

我直盯著裹著膚色絲襪的母親腳踝，沒有勇氣抬頭，雙手緊緊地抱住掛在肩上的斜肩包。夠了喔！我在心中怒吼著。不要踐踏我的平靜。

「媽一直在依賴妳，對不起！我真是個壞母親，請妳一定要原諒這樣的我。媽實在無法忍受就這樣和妳一輩子形同陌路，因為妳是媽的女兒啊！」

那聲音裏滿了再濃重不過的感傷，我感覺到鍍在心上的逞強鍍金，片片剝落，底下露出來的，是濃縮的罪惡感。我還以為這種東西我老早就拋棄了。

「我愛妳啊！陽彩。」

母親晃動著純白的裙子，終於發出動人的詛咒。

額頭噴出汗珠，每天早上的回憶急速地在腦中閃現。撫摸著頭的母親纖手的觸感、溫柔的聲音……被抽出的記憶搖晃著我的腳。過往的回憶不全是壞的，這件事我再清楚不過。

啊！為什麼離家那天，我是打電話給母親？不就是因為我隱約察覺到，如果面對面談判，自己的決心一定會動搖。我不是不愛母親，我也知道她是個可憐人，她並不全是壞的，還有她確實愛著我……這些我全都知道。

根植在腦中的常識，吶喊著要我原諒她。因為她是我的家人、因為她愛著我，她是、她是……

「只要父母愛孩子，孩子就必須容忍一切嗎？」紛亂的思緒驀然間被木村的聲音取代，記憶中的木村以觀察者的眼神瞪著我。**「虧我相信妳！」**木村的咒罵聲，在我被矇住的耳底開了個洞。

「不要。」

明確的拒絕脫口而出，母親退縮似地倒吸了一口氣。

「我不要！」

話語出口的瞬間，迷失的情緒回到了舌尖。失去輪廓的感情，也慢慢地凝聚成形。**沒錯，我不願意！一直以來，我是那樣地痛恨被母親擺布。**

「媽。」我出聲喊道。

母親以淚濕的眼眸注視著我，她的嘴唇掀動欲語，我搶先開口制止了她。

「我一輩子都不會原諒妳，所以妳也可以一輩子都不原諒我。」

我並不懷疑母親的愛，她愛著我，這一點我明白。可是又如何？

愛情，並不是可以把一切一筆勾銷的魔法。

第一次離別，是透過電話，單方面地說完就跑，因為我害怕看到母親的臉，更懼怕自己會覺得她可憐，忍不住同情她。然而現在，得到了第二次機會，我已經有了歸宿，也受夠被拿穩了無處可逃，而被任意擺布。

我緊緊地握住自己的手。

「我不做媽的女兒了。」

紅綠燈閃爍，綠燈變成了紅燈。母親想要開口，我先衝出了斑馬線，看著車子漸漸靠近，覺得可能會被撞，但我有自信在被撞之前能衝過馬路。

運動鞋底踹過白線，汽車尖厲的喇叭聲，在車子踩煞車之前，我已經通過斑馬線。母親的聲音從遠處傳來，我不在乎，只想立刻逃離這個地方。我太明白自己的軟弱，要是聽她說，絕對會被她哄過去。

奮力揮動雙臂，奔跑，再奔跑。自從高中體能測驗以來，我就再也沒有全力衝刺過了。每吸一口氣，肺就震動不已，起伏的肩膀讓呼吸急促。

妳根本沒有好好面對。如果有人這麼指出來，我一定無法否定，只是我心底深處會反駁：那又怎樣？切斷關係有什麼不對？

我想要活出自己的人生。

無視發熱起來的眼頭，我不顧一切拚命往前跑。將路燈溢出的光芒握進自己的手中，指甲陷進掌心，感到一陣疼痛。

即使如此，我也絕對不張開手。

＊＊＊

「哇！妳在家？」

廚房燈「啪」一聲點亮，躺在地墊的我蠕動著想爬起來。

剛回家的江永看見躺平的我，傻眼似地瞇起杏眼。她戴了口罩，看不清楚表情，但我覺得有點好笑。還那麼在乎那顆痘子啊？

江永的手上提著巨大的紙袋，今天她一個人跑去鄰町買衣服。

「燈也不開，在做什麼？」

「沒有啦！發生了很多事。累了，就這樣睡著了。」

「打工出了什麼事嗎？」

「把吸管當筷子拿給客人。」

「啊——，不會怎樣啦！」

江永豪邁地笑著說，接著她打開冰箱，拿出冷水，調了兩人份的可爾必思。

銀色的湯匙在透明的杯中不停轉動。

「來來，喝吧！」

「太感謝了。」

我伸手把杯子挪近自己，也許是加了冰塊，表面異樣地冰涼。

「妳戴口罩去買衣服？」

「因為變大了啊！是膿痘吔！裡面有膿。」

「擠出來啊！」

「才不要，會留疤，現在是必須忍耐的時候。」

「很快就可以不用戴了。」

「希望喔！」

江永勾住口罩邊緣往下拉，就像她說的，臉頰上那顆痘子惡化得頗慘。

「明天怎麼安排？外食嗎？」

「為什麼？」

「什麼為什麼，不是妳生日嗎？要慶祝一下啊！」

「不用特別做什麼啦！」

「不行不行，我想要慶祝。」

江永果斷地決定，把湯匙含在嘴裡，上下晃動匙柄，敲打玻璃杯杯緣。我覺得很像小狗表演才藝。

我拿起杯子喝了一口，可能是兌的水量太少，黏稠的甜味纏繞在舌頭上。我伸長了腳，把腳拇趾和食趾一開一合。

「……今天我遇到我媽。」

我猶豫了一下該如何開口，最後沒有動腦地直接表述。

噹鎯！湯匙從江永的嘴裡掉出來，她誇張地眨動睫毛，半晌後噘起了嘴。

「妳那什麼表情啦？」

「是我嚴肅的神情。」

「絕對不是。」

我忍不住呵呵笑出聲，江永的這種反應好幾次救續了我。

「她叫我原諒她，我說我不要。妳覺得我是個壞女兒嗎？」

「妳要是壞女兒，她就是壞母親囉！」

「說的也是。」

「妳本來就可以選擇要不要原諒啊！就算當下的氣氛是社會叫妳道歉，妳也能不用鳥那些。妳可以一直生氣，也可以一直難過。要怎麼做，是妳的權利。」

滔滔不絕的話，讓我瞠圓了雙眸。

「妳也會說些金言嘛！」

「這是我自己想聽到的話啦！」江永有些難為情地聳聳肩，她把頭髮纏在指上，眼珠上勾地看著我。「十二點整，我們去超商吧！今天人夜是堀口，對吧？」

「去幹麼？」

「妳去買酒啊！紀念滿二十歲。」

江永嘴角揚起，一口氣喝光杯中物。接著她把頭髮往後梳，在高高的位置紮成一束，微捲的金髮髮稍，讓人聯想到結實的稻穗。染髮過度而受損的髮絲十分毛燥，也有許多分岔，我卻滿喜歡江永毫不掩飾的受損頭髮。

「對了，芳香劑沒了。」

她鑲著睫毛的杏眼想起來似地跳了一下，轉頭指著廁所。

「真假？沒發現吔！」

打工回家後，我應該去了廁所，竟然沒發現哪裡不對勁。這是以前的自己絕不可能的疏忽，因為若不用濃重的氣味填滿狹小的空間，我的心就會躁動不安。

「表示妳的鼻子也漸漸習慣了吧？」江永輕捏自己的鼻子。

「習慣什麼？」

「我的味道。」

「什麼啦！」

我噴笑出來，沉重的心情已變得輕盈。

夜半，時間是晚上十一點五十九分。

我和江永手上提著購物籃，觀察著收銀台。超商還是老樣子，沒有其他客人，被我和江永包下了。

收銀台那裡，堀口正賊笑著看我們，他輕舉手腕，用指頭敲打手錶的錶盤。秒針移動，短針和長針完全重疊在一起，手機畫面大大地顯示﹝00：00﹞的數字。

我將裝了罐裝酒的籃子放到收銀台上，堀口勾起嘴角，讀取罐裝酒的條碼，收銀機螢幕自行切換。

﹝此項商品需要確認年齡，請按螢幕確認鍵﹞語音提示之後，螢幕顯示﹝您是否年滿二十歲？﹞的文字，問題底下是熟悉的﹝是﹞選項。

「不好意思，請出示證件。」

堀口稍微探身說道，語氣恭敬到假惺惺。

我從錢包裡取出大學學生證，堀口裝模作樣地檢查之後，鄭重地點點頭。

「謝謝，請點選螢幕。」

我依照指示，慢慢地按下螢幕，按鈕的瞬間，畫面一下就切換了。幾罐酒、下酒零食，還有江永自行丟進去的兩支冰棒，用共用錢包支付了這些錢，我收下商品。

從頭到尾保持店員態度的堀口，只有在遞出袋子時語氣變得親暱。

「回家以後再喝喔！」

「不要把我當小孩。」

「也是，小宮已經是大人了。」堀口露齒衝著我笑。「生日快樂！」

平常我只會浮現乖僻的感想，今天卻不知為何，能夠坦然接受他的祝福。

旁邊的江永猛然伸過頭來。

「宮田已經二十歲，什麼事情都可以做了。喔吔！」

「妳已經醉了？」

「哪有，這是我平常的狀態。」

就算隔著一層口罩，我也知道江永在笑，光是看她那模樣，連我都被傳染了笑意。癢兮兮地震動胸口的這種感情，它的真面目是喜悅。並不是喜歡滿二十歲，而是能夠和江永共享這一刻，讓我開心。

這時，手機短促地響了一聲，從口袋掏出來一看，螢幕上顯示父親的訊息。

〔生日快樂。〕

我無視這串簡單的文字，不回覆就是我的回答。

江永對著再次收起手機的我，將嘴唇勾成弦月狀。

「要去宰了他嗎？」

「或許不錯喔！」

我和江永對望，不約而同地大笑起來。彼此都清楚這是玩笑話，我們不認為自己辦得到；就算真的這麼做，也不會因此得救。不過我們還是不夠寬容，情不自禁要在嘴上逞強。

在內心悶燒的憎恨，不會輕易消散，但我正逐漸得到可以不去理會的堅強。人生實在太長了，沒辦法永遠凝視著滿目瘡痍的過去。

「不要說那種恐怖的話，妳們兩個都小心回家吧！」

「是——。」

堀口難得說正經話，我和江永乖乖地答應。

他理所當然的那句「回家」，讓我的心澎湃不已。

「那，回去我們的家吧！」

江永的金髮在螢光燈底下閃閃發亮，她回頭看我，有些驕傲地說。

穿過透明的自動門，我們踏上歸途。

用鼻子嗅聞，嶄新夜晚的氣味盈滿了整個肺，我聆聽著震動耳膜的夜風聲。

響徹世界的兩人腳步聲，悄悄地告訴我：我並不孤單！

（全書完）

不被愛也沒關係

愛されなくても別に

作　者　武田綾乃 Ayano Takeda
譯　者　王華懋

責任編輯　許世璇 Kylie Hsu
責任行銷　朱韻淑 Vina Ju
封面裝幀　許晉維 Jin We Hsu
版面構成　黃靖芳 Jing Huang
校　對　葉怡慧 Carol Yeh

發 行 人　林隆奮 Frank Lin
社　長　蘇國林 Green Su

總 編 輯　葉怡慧 Carol Yeh
日文主編　許世璇 Kylie Hsu
行銷主任　朱韻淑 Vina Ju
業務處長　吳宗庭 Tim Wu
業務主任　蘇倍生 Benson Su
業務專員　鍾依娟 Irina Chung
業務秘書　陳曉琪 Angel Chen
　　　　　莊皓雯 Gia Chuang

發行公司　精誠資訊股份有限公司
　　　　　悅知文化
地　址　105台北市松山區復興北路99號12樓
專　線　(02) 2719-8811
傳　真　(02) 2719-7980
網　址　http://www.delightpress.com.tw
客服信箱　cs@delightpress.com.tw
ISBN　978-986-510-253-1
建議售價　新台幣380元
首版一刷　2022年11月

國家圖書館出版品預行編目資料

不被愛也沒關係／武田綾乃著；王華懋譯.-- 首版. -- 臺北市：精誠資訊股份有限公司, 2022.11
320面；13.5×19.5公分
譯自：愛されなくても別に
ISBN 978-986-510-253-1（平裝）
861.57　111017837

建議分類｜文學小說・翻譯文學